月村響《つきむらひびき》
それは、全く起伏のない声だった。
強くもなく、弱くもない。感情的でもなければ、
かといって意図的に声色を制御した
非情なものでもない。
恐ろしく平坦《へいたん》で、言うなれば無機的な響きだ。

「——あたし達って、もう付き合ってる意味なくない？」
牧田奏《まきたかなで》

「――月村さんは、違うと思いますよ」
桐谷羽鳥《きりたにはどり》
光永優香《みつながゆうか》
「月村さんは光永さんの意見に、誰よりも深く寄り添ってくれるはずです」

カーストクラッシャー月村くん 2

高野小鹿

OVERLAP

カーストクラッシャー月村《つきむら》くん

CONTENTS

イラスト／magako

序章　兄と妹

「えええええええええ!?」

俺と奏《かなで》の口からもたらされた衝撃の告白を受け、廊下中に桐谷羽鳥《きりたにはどり》の素っ頓狂な叫び声が響き渡る。

――つい先日までの桐谷は、いつ如何《いか》なる時であろうと黒のウレタンマスクを着用して学校に来る「マスクガール」だった。

その徹底っぷりは筋金入りで、食事時にマスクを外さずにズラして食べるという「技」を編み出し、体育のときも当然マスクを常に着用し、なんと一年の水泳の授業ではネットショッピングで入手してきた「水泳用マスク」を装備して授業を受けたという逸話があるくらいだ。

だが、今は違う。桐谷は――桐谷羽鳥は、変わったのだ。

だからこんな風に喉の奥が見えるほど大口を開けて、校舎中に腹の底から捻《ひね》り出した絶叫を響かせることだって出来るんだ。

「……そんなに驚かなくてもいいのに」

対して、桐谷の絶叫を目の当たりにした牧田《まきた》奏の反応は控えめだった。しかし、桐谷のビッグなリアクションが収まることはなくて、

「い、いやいやっ!? だって、こんなことを聞いてしまって驚くなって言われてもそれは無茶ですよ! だって、だって……ハチコーのベストカップルと名高い月村《つきむら》さんと牧田さんが——実は、血の繋がった兄妹だったなんて! とんでもないことですよっ!?」

そう。

つい先ほど、俺と奏は一番の秘密を桐谷に打ち明けたのだ。

——月村響《ひびき》と牧田奏は、兄妹である、と。

桐谷は全てを晒《さら》して、俺に向き合ってくれた。

俺が心の中に抱える暗い闇を打ち明けたときも、そんな心配ごとは杞憂《きゆう》だと胸を張って、励ました。

そして、自らを守る最後の壁であったマスクを取ってまで——俺が桐谷に手を貸したことが、決して間違いではなかったと証明しようとしてくれたのだ。

それなのに、俺と奏の勝手な事情で彼女に辛《つら》い思いをさせていいはずがない。

桐谷は俺に対して好意を抱いてくれているようなのだが……彼女は気に病んでいるはずだ。俺には彼女が——牧田奏という意中の相手がいるということになっているから。

それは偽りだというのに。

俺と奏はとある事情を抱えた偽装カップルであり、本当の関係性は——血を分けた二卵性双生児、つまり「男女の双子」だった。

兄妹が恋人のフリをしているなんて普通のことではない。秘密を打ち明けられた桐谷が

こんなに狼狽《ろうばい》するのも無理はないだろう。

嘘《うそ》や隠し事は、人生の重荷になる。

一つ秘密を作る度に、それを覆い隠すための嘘や更なる裏話がどんどん増えていってしまう。そして最終的に事態が露呈したとき、莫大《ばくだい》なまでに膨らんだ「負債」を返済するために、とんでもない労力を使わなければならなくなる。

この秘密を、他の人間に話すのは今回が初めてだ。つまり、負債処理をするのも初めて……ということになる。

説明しなくてはならないことは山ほどある。誤解を桐谷の中に一つでも残してはならない。それぐらい「血の繋《つな》がった兄妹が恋人として振る舞っている」という事実は、業の深いモノなのだから。

——だというのに。

「響。桐谷さんが驚いてるよ。ちゃんとフォローしてあげてね」

我が麗しの妹君は、何故《なぜ》こうも他人事《ひとごと》な態度のままなのだろうか？

堪《たま》らず俺は奏に非難の眼差《まなざ》しを向ける。

「…………奏。まさか俺に丸投げする気か？」

「だって桐谷さんに打ち明けるって決めたの響じゃん」

「それはそうだが……」

「静玖《しずく》やココにだって言ってないんだよ。響だって亮介《りょうすけ》に言ってないでしょ？」

「……ああ」

「なのに、」奏が唇を尖《とが》らせ、びしりと人差し指を立てた。「響は、このとびきりのヒミツを、思ったよりもアッサリと桐谷さんに喋《しゃべ》っちゃった」

「うっ……！」

「はわわ……！」

俺と、同時に傍らの桐谷も狼狽する（これで桐谷まで責められるのは完全に貰《もら》い事故なので、正直かなり気の毒である）。

一方で、珍しく俺を言い包めていることに奏は気を良くしたようで、上機嫌気味に「追及」を続ける。

「つまり、桐谷さんにしっかりと事情を説明する義務は、あたしじゃなくて、響にあるのだと妹のあたしは思う……あっ、ごめんね桐谷さん。別に責めてるわけじゃないよ。事情は何だかよくわからないけど、悪いのはお喋りな響なんだから」

「は、はぁ……」

「……あのなぁ、奏」

「なに」

「色々と勝手なことを言っているが……」

ただ俺はこの奏の主張に対して、真っ向から異議を唱えたい気分だった。

そもそもの話、なぜ俺と奏が双子の兄妹でありながら、学校でカップルを装っていたのかといえば——

「面倒事をすべて俺に押しつけようたって、そうはいかないぞ。元はといえば全部お前が言い出したことなんだからな。兄の俺としては、何が何でもお前にも同席してもらう」

「えええー……」

眉をひそめ、猛烈にイヤそうな表情を覗《のぞ》かせる奏。俺は腕を組み、無言でゆっくり首を横に振った。奏は更に顔を歪《ゆが》ませ、首を捩《よじ》る。

イヤとは言わせない。

これまでは人前で奏が好き放題ワガママを言っても、俺は彼氏という立場でしか接することが出来なかった。つまり、どこまで行っても所詮は他人でしかなかったわけで、その横暴を収めるには限界があったのだ。

だが、本当の俺と奏の関係は、違う。

俺達《たち》は兄妹だ。兄だからこそ、血の繋がった身内だからこそ——締めるときは、しっかりと諦めて妹を導く責務がある。

それには恋人という関係では限界がある。

俺達はどこまでいっても兄妹でしかなくて、恋人ではない。俺達は互いを大切に思っているが、それは決して恋愛感情ではなく、もちろん愛し合っているわけでもない。

だが俺はこうも思うのだ。

――恋人と兄妹、どちらが深い関係なのか、と。

俺達にあった「恋人」という関係性が否定されたとしても、そこにある繋がりが完全に無になるわけではない。むしろ、本当は、その糸は――更に根深いところで繋がっているのだから。

すぐには受け入れてもらえないだろう。理解してもらえないだろう。

けれど、打ち明けてしまったからには手を尽くして桐谷に話さなくては。そして願わくば、少しでも俺と奏の本当の姿を知って貰いたい――そんなことを俺は思うのだ。

一章　断絶のとき

桐谷羽鳥

月村響と牧田奏は、兄妹——

その事実を知ってから約半日。もはや馴染《なじ》みとなった喫茶店「イーハトーブ」に三人でやって来ても、高鳴りは止《や》んでくれなかった。

トットットッ。

胸の奥でずっと音が木霊し続けているような気がする。

「おや——」

からんとドアベルが軽やかな音色を奏で、店の中に入ったらすぐに、顔馴染みとなりつつある喫茶店のマスターと視線が合った。

わたしは会釈をする。マスターさんも会釈を返してくれて、そして「おっ」という感じでわたしの隣にいた人をまじまじと見た。

牧田さんだった。

「ご無沙汰してます、佐藤田《さとうだ》さん。この前は慌ただしくてすみません」

牧田さんが小さく頭を下げる。綺麗《きれい》なカラーを入れた艶やかな金髪がツツッと揺れ動くのを見て、何故かわたしはドキッとした。まるで男子のような気分だった。今の今までわたしの身体《からだ》の中で鳴り続けている振動とは、また少し毛色の違う鼓動。

やっぱり牧田さんは素敵だ。お顔が綺麗すぎるだけじゃなくて、一つ一つの所作ですら美しすぎる。

わたしは自分が単に興奮しているだけじゃないことを再確認する。

浮遊感。恍惚感《こうこつかん》。

まるで夢の中にいるような気分。

こんなにも素敵な牧田さんと、そして――同じくらい、いや、わたしとしては更に特上な存在だと認識している月村さんが同じ遺伝子を共有してらっしゃるなんて！

そして、その事実をわたしは教えて頂いた。

とびきりの秘密を！

まさにこれは「共犯関係」だ。月村さんと牧田さん、そしてそこに何故かわたし。桐谷羽鳥がいる。存在している。本当にいいのだろうか、この組み合わせは。それこそ仲睦《なかむつ》まじく清楚《せいそ》な百合《ゆり》ップルの間に『俺も混ぜてよｗ』と馴《な》れ馴《な》れしく挟まってくるチャラい間男くらいの禁忌を感じるが――

「いや、構わないよ。今日は奏ちゃんも一緒なのかな？」

佐藤田と呼ばれたマスターさんが会釈をして、牧田さんのことを優しい目で見た。牧田さんもゆっくりと会釈を返して、

「はい。そのつもりです」

「そりゃあ良かった。最近はお父さんとの面会のときも、あまりうちを使ってくれなくなって寂しかったんだ」

「すいません。どうも最近の父のトレンドは、あたしを家に呼ぶことのようなので」

「そうなのか。その……四人揃《そろ》って会ったりは？」

「いえ、しばらくは……。家自体は本当に近いので、生活感みたいなものはそれぞれ感じ取ってるとは思うんですけどね」

「なるほどね……おっと、すまない。あまり訊《き》いて良い話じゃなかったね。久しぶりということで……そうだ、奏《かなで》ちゃん。僕も腕を上げたつもりなんだ。コーヒーの味を見ていってくれるかい？」

「ええ、是非とも。堪能させてもらいます」

脳内でわたしが盛り上がっている中、マスターさんと牧田《まきた》さんは優雅に会話を繰り広げ、気付くとわたしはいつも月村さんと「レッスン」をするときに使う席に着いていた。

月村さんの隣には、牧田さんが当然のように座っている。

それを見て、ああ、とわたしは思った。

昨日までのわたしは、この「当然」をまるで違う意味で捉えていた。牧田さんは、あらゆるタイミングで月村さんの隣を譲らない。

その理由が――彼女だから、だと思っていたのだ。

違った。

牧田さんがいつだって月村《つきむら》さんの隣にいるのは――

「さてと、桐谷《きりたに》。早速で悪いが……本題に入ろうか」

二人が、兄妹だから。

兄と妹。

月村さんと牧田さんはいつもと変わらず並んで座っているのに、真実を知ってしまったわたしの目には、今日の二人はいつもと全く違って見えたのだ。

「(そうだよ。だって、わたしにも『希望』があるってわかったんだもん……!)」

わたしは、諦めていた。

だって月村さんと初めて会ったときから、牧田さんは月村さんの彼女として、その隣で圧倒的な存在感を発揮していたのだ。

わたしは、わたし達は初っ端《しょぱな》から思い知らされていたのだ。いかに月村さんがステキな人であったとしても、月村さんは「他人《牧田奏》のモノ」であるのだと――

だから、ほんの少し前まで、これは叶《かな》うはずのない禁断の恋だった。

密《ひそ》かに想《おも》うことこそ許されていたが、それだけ。

月村響《ひびき》は聖域だった。

遥《はる》か高みに位置する天空人にして、牧田奏という絶対的な番人《ガーディアン》に守護《まも》られた、侵されざるべき存在……。

月村さんと真の意味でお近づきになるには、牧田さんと真っ正面から対峙《たいじ》して月村さんの好意を自分に向けさせ、何とかして彼女の脳を破壊する《寝取る》という無理ゲーを行わなければならなかった。

——出来るかッ、そんなこと！

つまり、どう足掻《あが》いてもわたしが恋を成就させるなんて不可能だったのだ。

だが、その大前提が——崩れた。

牧田さんは、月村さんの彼女ではなかった。妹さんが彼女のフリをしているだけだった。

逆に牧田さんは、月村さんにとって最も「ナイ」相手となったのだ。

だって妹相手の恋愛は、よくない。

タブーだ。

素直に近親相姦《そうかん》だ。

これは二次元世界の中ですら結構な禁忌である。後出し気味に『実はこの兄妹は義理でした』などと言い出そうものなら、そこには草すら生えない。

間違いなく、炎上する。

さすがにお二人が義理ということはないはずだ。となれば、一番の対抗相手だった牧田さんは月村さん争奪戦から脱落して（というか元々エントリーすらしていなかったことになる）、その事実を知っているのはわたしだけということになって——

もしかしなくても、これはチャンスなのでは？

「（が、頑張ってみようかな……）」

月村さんは、わたしの憧れだ。

でも彼は「月」であるだけではなくて「太陽」でもある。わたしは月村さんに柔らかな夜の光で包み込んで欲しいだけではなくて、自分から手を伸ばし、その輝きに少しでも触れてみたいのだ。

憧れは理解から最も遠い感情。

だから、憧れるだけではきっとダメなのだ。

それでは届かない。

さあ、桐谷羽鳥《はどり》よ――心を、燃やせ。

▲　△　▽　▼

どこから桐谷にこの話を説明したらいいのかと思ってもいたのだが、想像していたよりも最初の言葉はすぐに出て来た。

「端的に言うと――悪いのは全て奏なんだ」

ギロリとすぐさま隣から睨《ね》め付けるような視線が飛んで来る。だが、視線だけだ。非難でも文句でもない。奏はぐいっと椅子の背もたれに体重を掛け、腕を組んで、息を深く吐いた。まだ口出しはしない、と。

俺は話を継続する。

「大前提から話すと、俺と奏は二卵性の双子で、両親は離婚している。『月村』は父親の苗字《みょうじ》で、『牧田』は母親の旧姓だ。二人が離婚したのはそこそこ昔……俺達《たち》が小学校に入るよりも前ではあるが、物心は付いていた。まぁざっくり十年ほど前だと考えてもらえるといいかもしれない。さて、この段階で桐谷は一つ疑問を覚えているだろう」

「……はい？」

桐谷が「いきなり振られるとは思わなかった」という目で俺を見た。

彼女との付き合いはせいぜい一ヶ月程度ではあるが、その濃さと関わりの深さに関してはそれなりのモノである自負がある。

だから、この反応で俺はすぐさま察した。

うむ……桐谷は特に不思議だとは思っていなかったようだな。

ああ、そうか。

桐谷家のように両親が揃っている家庭だと、あまり気にしたことはないのかもしれない。

「すまない。『親権』のことなんだが……」

「シ、シンケン……？」

桐谷が狼狽《ろうばい》し、目を細める。

これは言葉の意味すらわかっていないパターンだ。やはり馴染みがないのだ。俺と奏は本当に小さな頃から知っていた言葉だが――まあ、そんなものか。

「親の権利と書いて親権。つまりは父親と母親、どちらが子供を育てるかということさ」

「あ、ああっ！　すみません！　そういうことでしたか！」

「構わない。普通、離婚した場合、現代の日本では親権は母親にいく。だが、うちは少々特殊でな。俺が父親、奏が母親に引き取られ、しかも変わらず、この八王子の街に住み続けたのさ」

「そういえば……たしかにちょっと不思議ですね。離婚したらとりあえず離れて暮らすというイメージが……。月村さんと牧田さんのお家って、物凄《ものすご》く近いですもんね」

「ああ。理由は簡単で、どちらもここが地元なんだ。うちは両親共に市立八王子《ハチコー》高校に通っていたからな。だから元の家には母と奏が住んでいて、俺と父は近くのマンションに住んでいる。そして、俺と奏は自分達が兄妹だということを学校に通うようになってから――一切、公開していなかった」

「えっ!?　ど、どうしてですか!?」

「それは――」

「イジられるのが、本気でウザかったから」

瞬間、気怠《けだる》げに俺の言葉に耳を傾けていた奏が心底うんざりした様子で言った。

「幼稚園は都内の別のところに行ってたんだけど……その時点で双子ってだけで死ぬほどからかわれたし、これが苗字は違うんだけど実は兄妹ですってなったら、更にウザいことになると思って、その後は言わないようにした」

「な、なるほど……」

一瞬、桐谷が考え込む様子を見せた。

彼女はすぐに顔を上げると、

「ちなみに、確認させて頂きたいのですが……このことは、私以外の方は誰も知らないのでしょうか？　例えば千代田《ちよだ》さんや、ココちゃんなんかも……」

「……ああ。そうなるな」

「入学したときからずっとだから、二人も知らないよ。あたしは十年後にバラすとかでいいかなって思ってたんだ」

「じゅ、十年ですか？　それはどうして……」

「うん」奏が頷《うなず》く。「それぐらい先の未来まで友達でいられたなら――こんなことを打ち明けてもきっと納得してくれるだろうし、笑い話に出来ると思うから」

奏が脚を組み替え、フッと笑った。

「というか、さすがに今バラすのはキツいよ。結局、あたし達が周りの人達を騙《だま》してることに変わりはないんだから」

「………っ」

桐谷が黙り込んだ。

奏の言う通りだ。これは、俺達が抱えた業であり、皆への裏切りなのである。

今すぐ笑い話にするのは、きっと難しい。

「――話を戻そうか。とにかく、当時の奏の意志を尊重して、俺達は兄妹関係については完全シークレットで通すことにしたんだ。学校側は俺達の事情を知ってたから配慮してくれて、クラスもずっと別だった。ただ、な。そんなこともあって、俺と奏は次第に疎遠になっていったんだよ。兄妹だとバレないようにする一番の方法は、お互いに関わらないことだと思っていたからな……」

「……」

奏も口を噤《つぐ》んでしまう。すると桐谷も顔を顰《しか》めて、

「それは……ちょっと悲しいですね。わたしは一人っ子なのでわからないですけど、兄妹なんて小さな頃の方がより仲良しだって聞きますし」

「それはそうだろうな。そして、そんな関係が中学になっても続いたわけだが……そこでついに転機が訪れる。俺が、とある女の子と関わりを持って、大きな過ちを犯した事件だ。詳細は割愛するが……この事件の結果、俺と奏はとある先輩と知り合うことになるんだ」

心臓を微《かす》かな痛みが刺す。

幼かった俺が無闇に手を差し伸べた結果、変わってしまった少女――八木緋奈多《やぎひなた》。

スクールカーストが持つ力に呑《の》み込まれ、その力を復讐《ふくしゅう》のための暴力として実際に振るってしまった少女……。

緋奈多と最後に言葉を交わした瞬間の記憶が、瞼《まぶた》の裏側にフラッシュバックした。俺はその残影を拭い去るように頭を振って、桐谷へと向き直った。

「──その先輩の名前が『西野夢瑠《にしのゆめる》』さんというわけなのさ」

「今朝、牧田《まきた》さんがお名前を出していた方ですね！」

「ああ、そうだな」

「どんな方なんですか？」

「ん。そうだな、歳《とし》は一つ上で、今は家の都合でアメリカに──」

「こんな方だよ」

俺が夢瑠さんについて話そうとするや否や、まるでその言葉を待ち受けていたかのような勢いで、奏《かなで》がぐいっと上半身を対面する桐谷の方へと寄せた。

奏は手に持ったスマホの画面を桐谷にさながら印籠のようにデデンと見せつける。

「わっ……え、ええっ!?　こ、これは……美人さんですね……！」

「でしょう？　あたしの憧れの人だもん」

にやり、と奏が笑った。おそらく桐谷がストレートに夢瑠さんを褒め称《たた》えたため、一気に気分が良くなったのだろう。

「この写真は……牧田さんとお二人で写ってますね？」

「一昨年《おととし》の冬かな。夢瑠さんがアメリカに行くちょっと前に、水族館に連れて行ってもらったの。そのとき撮った中で、たぶん一番夢瑠さんがキレイに撮れてる奴《やつ》」

「な、なるほど……」

「もっと見たい？」

「へ……」

「夢瑠さんの写真。たくさんあるから」

「え、ええと……で、ではお言葉に甘えて……」

ちらりと桐谷《きりたに》が俺の方を見た。眉が下がり、口が小さく開かれている。予想外の展開に困惑しているようだ。

だが俺からすれば、これは何も不思議な流れではない。

——奏は、夢瑠さんの信奉者なのだ。

別に夢瑠さんが何かしらの宗教、もしくは胡散臭《うさんくさ》いオンラインサロンを立ち上げているわけではない。

要するに、奏が一方的に夢瑠さんのことを尊敬しまくっているだけなのだ。

それには色々と理由がある。

八木緋奈多を巡る事件において——俺は夢瑠さんに救われた。

もう少し具体的に言うと、多大な精神的ショックを負い、登校するのさえ覚束《おぼつか》なくなっていた当時、あの人が生徒会長を務めていた生徒会に誘われたのだ。

俺と、そして奏は二人揃《そろ》って生徒会の委員として働き、そこで救いを得た。

この人がいなければ、今の俺達はいない。

そして、俺と奏の兄妹としての関係も……赤の他人と変わらないままだっただろう。

——人間としての再起。

——生徒会活動を通した俺達兄妹の復活。

そのどちらにも深く関わっている相手が西野夢瑠という人なのだ。

「本当にキレイな人ですねぇ」

カメラロールに収められた写真を眺めながら、桐谷が感嘆した様子で言う。

桐谷の「キレイ」という夢瑠さんへの賛美に気を良くしたのか、奏がいつになく上機嫌に相槌《あいづち》を打つ。

「うんうん。そうだよね」

「この方が、つまりはお二人の恩人なんですね……わ、なんか日本っぽくない写真も結構ありますね……これがアメリカなんですか？」

「うん。夢瑠さんがインスタに上げてた写真」

「へぇ。ちゃんと保存してるんですねぇ」

「もちろん。ＦＢとかの投稿も全部チェックしてるもん」

「……」

得意げに胸を張る我が妹を見て、俺はわずかながらの気恥ずかしさを覚えた。

桐谷はサラッと流したが、奏の夢瑠さんに対する信仰はもはや狂信的な領域に達しつつある。

実際、友達に自分が尊敬する先輩の写真を見せつけたり、その人のＳＮＳを完璧にチェックしていたりする様子は、普段の奏とは掛け離れた姿である。

だが、今日の奏は――止まらない。初めてだからだ。俺を除いて奏が夢瑠さんのことを気兼ねなく話題に出せる人物と出会ったのは。

この程度では奏の狂信は終わらない。

なぜなら、彼女が胸の奥に抱いている野望は更に倒錯していて――

「それに、いずれ夢瑠さんはあたしの家族になる人だからね。本当に特別な人なんだよ」

「……へ？」

さすがの桐谷も顔を上げ、怪訝《けげん》な表情を浮かべた。

家族。

飛んで来たのは一見、突拍子もない単語だ。この流れで文脈的に出て来るはずがないであろう単語。だがそれは決して何の脈絡もない発言ではない。奏なりの理屈がある。

奏が言った。

「夢瑠さんは響の結婚相手だから」

「は……はい？」

「これはもう決まってるの。桐谷さんも、それはちゃんと知っておいて――」

「奏、そこまでだ。いい加減にしろ」

俺は奏の台詞《せりふ》に割って入った。

語気も強めで、まさに「窘《たしな》める」ための言葉という自覚が俺の中にはあった。

「なに、響《ひびき》」

じろりと奏が隣の俺を睨《にら》みつける。

「まるで決定事項のように、とんでもないことを言うんじゃない」

「だって響は夢瑠さんと結婚するでしょ？」

「……少なくとも、俺は首を縦に振ったことは一度もないつもりだが」

一歩も引かず、奏が俺に対抗してくる。

このやり取りも慣れっこになりつつある。まさに完全な平行線。譲歩という概念はどちらにもなく、互いに相手の意見を押し返し、いかに制圧するかということだけを考えている。ただ、何もかも普段通りというのは宜《よろ》しくない。今、ここにいるのは俺達《たち》兄妹だけではないのだ。

「桐谷、すまない。変な話を聞かせてしまったな」

「い、いえ……」

桐谷も動揺しているようだ。こんな突飛な話を聞かされて、驚くなという方が無理があるだろう。本当に申し訳ない気分だ。

「これは俺と奏の間での、恒例のやり取りみたいなものなんだよ。多分、桐谷も早くも理解してくれているとは思うが……コイツはとにかく夢瑠さんのことが大好きでな。その感情が有り余って、いつからかこんなことを言い出し始めたんだ」

未《いま》だに怖い顔でこちらを睨みつけている奏を一瞥《いちべつ》した後、俺は不安そうな桐谷に丁寧に説明を続ける。

「この論理なんだが最初は『響と夢瑠さんが結婚したらいいな。そうしたらあたしは夢瑠さんの本当の妹にもなれるし』程度の淡い願望だったようなのだが、すぐに『いや、二人が結婚するのが一番いいのでは？』となり、あっという間に『響は夢瑠さんと結婚する運命にある！』まで進化を遂げた……！」

「別に変な話じゃないもん」

「どこがだ、どこが」

「二人が結ばれるのが一番いいのは間違いないし、つまりそれは二人はそういう運命にあるってことだよ。運命の赤い糸で結ばれてると思う。あたしの勘だけど」

奏が唇を尖《とが》らせた。

俺は呆《あき》れて肩を竦《すく》めるしかなくなる。対面の桐谷は物凄《ものすご》い表情をしている。全体的に挙動不審で、瞳孔は大きく開き、口はぽっかりと開いている。

俺は更に補足説明を続ける。

「——という感じだ。夢瑠さんは一つ上の先輩だから、俺達が中三の頃、奏はずっとこんな調子だった。そして、この暴走が更にエスカレートした結果が……まぁ、俺達が学校で恋人として振る舞っていたことの一番大きな原因になるんだな」

「というと……」

ついに話題が核心に触れたということを察して、桐谷がごくりと固唾を呑んだ。椅子にわずかに座り直して、居住まいを整える。

「ああ。これは自分で言うのも少し気恥ずかしい内容で……ま、笑ってくれていい。その、なんだ。こう見えて、俺はそこそこモテる方でな……」

「あ、はい。それはよく知ってます」

桐谷が真顔で即答した。

その予期せぬ目力に面食らい、俺は微妙に居心地の悪い気分になる。隣で変わらずツーンと澄ました表情を覗《のぞ》かせている奏を一瞥し、俺は軽く咳払《せきばら》いした。

「う、うむ……それは一つの事実として頭の片隅に置いておいてくれ。話を戻すぞ。中学三年も終わりに差し掛かった頃だ。ある日、奏が鬼気迫る表情で俺に『高校に上がったら、あたしと恋人のフリをしてくれない？』と頼んで来たのさ。俺もびっくりしたよ。つまりそれは『偽装カップル』の提案だったんだからな。ただ、偽装カップルなんて、それこそドラマでは毎クール何本か放映されるような定番ネタではあるが……リアルでそれをやるなんて、血の繋《つな》がった兄妹同士で恋人のフリをしようなんて奏が言い出すのには、タダならぬ理由があると思ったわけさ」

「タダならぬ理由はちゃんとあったでしょ？」

奏が不機嫌そうに言う。

「コレはあったというのか……？」

「あったよ」奏が断言する。「一時の気の迷いとかじゃないもん」

――奏の口調が幼くなって来ている。

奏は見た目こそクールビューティだが、内面までクールかというと、そんなことは特にない。二人のときしか見せない「妹モード」のようなモノが奏には搭載されていて、それが時々表に出るのだ。

「それはそうだろうが……常に混乱してるようなモノだからな。まぁ、戯《ざ》れ言《ごと》はいいか。とにかく、本人はこう言っているわけだが、実際に話を聞いてみたときに、ハッキリ言って俺は呆れてしまったんだよ。なにしろ、奏が偽装カップルになろうと提案した理由というのが『このまま響《俺》を恋人無し《フリー》にしておいたら、響《俺》を巡って女の子達の醜い争いが繰り広げられて、響が気の迷いを起こす可能性がある。だからあたしが嘘《うそ》の彼女を演じて、寄って来る女の子達をシャットアウトする。響の彼女ポジは日本に戻って来た夢瑠さんのためにあるものなんだから』というモノだったんだよ……」

説明しながら、俺は相当にゲンナリした気分になりつつあった。

何故《なぜ》、俺はクラスメイトにこんなしょうもない話を打ち明けなければならないのだろうか。そして、その説明を自らの口で行っているのか。

きっと桐谷も反応に困ることだろう。

実際、俺がフリーだからといって、何が起こるというのだ。そりゃあ俺だって自分が多少モテることは知っている。好意を寄せてくれる女子が何人かいることも把握済みだ。

だが、学校生活なんて、そんなものではないのか？

大体、誰であっても誰かしら好きな人がいて。その相手は、割合同じような相手になることが多くて。

そしてその好意は、記憶に刻まれるような恋物語になることすらなく、始まることも終わることもない、蕾《つぼみ》のような形のまま時間が過ぎていって――

「なるほど」

桐谷がこくんと頷《うなず》いた。そして言った。

「確かに――奏《かなで》さんの判断は賢明だったかもしれませんね」

「なんだって？」

俺は思わず訊《き》き返した。

賢明？　今の説明のどこに理に適《かな》った要素があったというのか。虚を衝《つ》かれた俺とは対照的に奏は深々と桐谷に相槌を返して、

「やっぱり桐谷さんもそう思う？」

「はい。月村《つきむら》さんを彼女無し《フリー》の状態で野放しにしたら、確かに要らぬ争いを呼び込んでしまうと思います。月村さんが気の迷いを起こすかは不明ですし、わたし的にはたぶん起こさないと思うのですが、月村さんは結構大変なことになるなとは思います。ただ、偽の彼氏彼女として振る舞うというのは、かなり思い切った行動を取ったなと思いますが……」

「でも、これはあたしにしか出来ないからね」

「さ、さすが牧田《まきた》さんですね……！」

「うん。手の掛かる兄貴だけど、やっぱりあたし達は双子だからね。見捨てるわけにはいかないよ。ちゃんと守ってあげないと」

使命感に満ちた、妙に満足げな表情を浮かべる奏。そして、そんな『妹』に対して何故かパチパチと拍手をする桐谷《きりたに》。これではまるで奏の決断が望ましいモノだったと賞賛しているようではないか——!?

「……奏。なぁにが『ちゃんと守ってあげないと』だ。桐谷の前で滅茶苦茶《めちゃくちゃ》なことを言うんじゃない」

堪《たま》らず俺は盛り上がる二人に口を出した。すぐさま奏が反論する。

「いいか。そもそも俺はお前に守って貰《もら》う必要なんてないし、頼んでもいない」

「そうでもないでしょ。響にはあたしみたいな鉄壁のガードが必要だよ」

「どうだろうな。たとえ好意を寄せてくる女子がいたとしても、彼女達を傷付けずに上手《うま》く断る術《すべ》くらいは心得ているつもりだ」

「響が？　ううん、そんなの絶対に無理」

奏が首を横に振った。

「響はそういうタイプじゃないもん。脈が残っちゃう」

「……上手くやる、と言っただろう。脈を残すような曖昧な断り方はしないぞ」

「だからそうじゃないって。あたしだって、伊達《だて》に十七年響の妹やってないの。響は告ってきた子に酷《ひど》い断り方とか絶対にしないでしょ。もうそれだけで脈は残るの。あたしにとって何が一番イヤかって、響がちょっとその気になって手を伸ばしたら、サクサクっておやつ感覚で摘める距離に他の女子がいる状態が継続することなのに」

とんでもない喩《たと》え話が飛び出してくる。

おやつと女子を結びつけるなんて、かなり倫理的にグレーな発言だ。大体、いつから俺がそんな好色家になったと言うのか。

そりゃあ、確かに俺は女の子に対して手酷い振り方はしない。

だが、だからといって――

「…………あのなぁ。お前は兄貴をなんだと思ってるんだ？　俺はそんな安易な衝動で女子に手を出すような外道行為を働いたことは一度もないぞ」

「当たり前でしょ。あたしが彼女として、ガッツリ響の周りの女子に睨みを利かせてるんだから。いい？　あたし達が恋人ごっこを始めてから、響のおやつ皿に、お菓子が載ったことなんて一度もないんだよ？　緋奈多《ひなた》ちゃんとの一件があって、挫折を乗り越えてからの響に惚《ほ》れない女子なんて、相当のゲテモノ好きくらいしか――」

ヒートアップした俺と奏は語気を強め、互いの顔を睨みつけて言葉をぶつけ合った。

と、そのときだった。

「――あ、あのっ」

そのとき、桐谷がしゅびっと勢いよく手を上げたのは。

俺と奏の首が真っ正面に向き直り、飛んで来た視線の矢に射貫かれ、桐谷はびくんと肩を震わせる。

だが、その震えと、硬直は一瞬だった。桐谷は満面の笑みを浮かべ、それでも声をわずかに上擦らせながら言った。

「ええと、あの……………お、お二人でも、喧嘩《けんか》ってされるんですね……！」

そう言われて、思わず俺達は顔を見合わせた。

桐谷は露骨に話を逸《そ》らしに来た。如実に伝わって来るのは空気の重さと、彼女が感じている多大な気まずさだ。

――人前で醜態を晒《さら》してしまったらしい。

「喧嘩というほど大袈裟《おおげさ》なものでもないさ」

「うん。ちょっと話し合ってただけ」

俺達はすぐさま場を取り繕う。だが、しかし。

「あ、いや。今のは結構ちゃんとした兄妹喧嘩だったような……ふふふっ」

不意に桐谷がにんまりと笑った。

「……意味のわからない笑い方をするものだな」

「あっ、す、すみません！　思わず笑みがこぼれてしまいました……！　だって月村さんと牧田さんといえばハチコーのベストカップルで、喧嘩をするところすら誰も一度も見たことないっていうのが定説でしたから！」

「俺達《たち》は本当に付き合っているわけではなかったからな。だからこそ、恋人同士なら当然起こり得るような争いが一切起こらない。相手が自分を嫌いになったんじゃないかと悩むこともない。多少の価値観の相違があっても『家族だし、仕方ない』で流せる。だからこそ俺達はベストカップルでいられたんだ。ただ、兄妹としては――」

「こっちがリアルだから、そりゃあ喧嘩もするよね」

　奏が頷く。

「はい。ですから、その辺りがちょっとおかしくて。完璧なはずの月村さんも牧田さんも、兄妹同士のやり取りになると、普段とは違う顔が見える――それでわたし、正直思っちゃったんです。この兄妹なら『推せるな』って！」

「は？」

　グッと桐谷が力強く拳を握り締めた。

「月村さんに兄属性があるのは結構な分かりみというか、これがもし逆で牧田さんの方がお姉さんだったら、完全に解釈違いっていうか、月村さんに弟属性はわたしは付いて欲しくない派というか。そもそも最初は兄妹で恋人のフリをするなんて、ちょっとインモラル過ぎるんじゃないかって思ってたんです。でも、違いました！　いや、これは中々の尊みですよ！　実際、前々から物凄くカッコいい牧田さんが月村さんにだけは少し甘える雰囲気を出していたりしたじゃないですか？　でも、アレが……実はお兄ちゃんに甘える妹ムーブだったなんて！　ワンピースばりの伏線回収だなとか、わたしは今、思ってるわけなんです！」

「「……」」

「あ、あれ？　つ、通じませんでしたか？　ハッ……も、もしかして、お二人はワンピースもNGでしたか!?　ま、まぁ、そうですね……もう単行本も九十巻以上ですし、誰もが全員知ってる前提で話をするのは難しかったですね……」

項垂《うなだ》れる桐谷を見て、俺はしみじみと思ったのだった。

――桐谷に助けられた、と。

桐谷は無理矢理俺達の会話に割って入り、マシンガンのように俺達兄妹に対する解釈を聞かせた挙げ句、最終的には話を全く関係のない海賊漫画へとシフトさせた。

恐ろしいほどの力業、パワープレイだ。

だが、先ほど、一瞬だけ俺達の会話がエスカレートして、お互いにカッとなっていたのは事実なのである。

そんな中に桐谷が突如として割り込んで来た――

つまり、彼女は場を取り持とうとしたということだ。そもそも人前で兄妹喧嘩になりかけた俺達が悪いのだが、これはやはり経験が足りないせいだろう。

俺も奏も人前で兄妹として場に出ることに慣れていない。

両親が離婚したのは遥《はる》か昔で、小中高と兄妹であることを隠して生活して来たのだ。有るべき形、他所様《よそさま》に見せても恥ずかしくない振る舞い方――というのがいまいちピンと来ない。

　その意味で、桐谷の突撃は最善手に近かったようにも思える。

　見事に場は中和され、結果的に俺と奏の口論は霧散した。

　話に桐谷のクセである「パロディ」を交えて来たのも効果的だ。どこまでが計算でどこからが天然なのかは、わからない。いや、おそらくは天然なのだろうが……ここで話にまるで無関係なパロディが加わったことで、場の緊張感が逆に薄れたのだ。

　だが、これが脱線であることに変わりはない。俺達は漫画について語り合うために、この場にやって来たわけではないのだから。

「まぁ、そうだな。そのことは置いておくとして……とにかく、だ。話を戻すぞ？　俺達には西野《にしの》夢瑠《ゆめる》さんという恩人がいて、その人のために、俺達は恋人のフリをしていたわけさ。理解してもらえたか？」

「あっ……す、すみません！　また関係ない話題を出しちゃって――」

「構わない。それも桐谷の個性だからな」

「あはは……そう言って頂けるなら、恐縮です……」

　乾いた笑いを溢《こぼ》した桐谷が小さく頷いた。

「で、でも、やっぱりちょっと疑問はあると言いますか……」

「疑問か。なんだ？」

「ええと……牧田さんの理屈は飲み込めたんですが、わたしがちょっと『あれ？』と思ったのは、その……」

桐谷がちらりと俺の顔を覗《のぞ》き見た。そして少し遠慮がちに言った。

「牧田さんに偽装カップルをやろうって言われたとき――結局、月村さんはそれに応じたんですよね。断ろうとは思わなかったんですか？」

クリティカルな質問だと思った。

俺は即座に言葉を返さなかった。それよりも先に奏が口を開く。

「響《ひびき》が断るわけないよ」

「そ、そうなんですか？」

「うん。だって、響もちゃんと夢瑠さんのことが好きだからね――でしょう？」

当たり前のことを尋ねるように奏が訊いた。

対面に座る桐谷が一瞬、息を呑《の》んだのが俺にも伝わった。

夢瑠さんのことが、好きなのか。

――その問い掛けに対して、俺が用意出来る答えは決まっていて。

「どうだろうな」

それ以上の言葉を紡ぐつもりはなかった。

奏が何か言いたそうな目でこちらを見て来たが、すぐに鼻を鳴らして顔を逸らした。桐谷は、俺の顔と自分の前に置かれたコーヒーカップを交互に見つめている。

俺がそれ以上何も言わなかったため、手持ち無沙汰になったのか、コーヒーカップをゆっくりと持ち上げ、それこそ鳥が啄《ついば》むように、少しだけ中身に口を付けた。

そんな桐谷の姿を見て、奏《かなで》が小さくため息をついた。

「……響はいつも夢瑠さんのことをどう思っているのか、答えないね」

「そうかもな」

俺はかすかに笑いながら肩を竦《すく》めた。「だが、誰にだって秘密はあって当然だ。そうじゃないか？」

「彼女にも、妹にも言えない秘密？」

「何も不思議じゃない。世の男性が抱える秘密の大半は異性には言いにくいものなのさ」

「……それは、そうかもね。男の子の事情と女の子の事情って、かなり違うし」

そして、じろりと奏が俺を睨《にら》みつけた。

「いつもは完璧なはずの響ですら、彼女の仮面を被《かぶ》ったあたしが隣にいることで、どれだけ生活が穏やかになってるのかをちっとも理解してくれてないみたいだし」

「またその話か。しつこいぞ、奏」

「だって、あたしは頑張ってるのに、それを響が認めてくれないのは悲しいもん」

「む……」

奏が唇を嚙《か》み、わずかに視線を落とした。本当に悲しんでいる、ようだ。こんな顔をされてしまっては強情を貫き通すわけにもいかないだろう。

「……仕方のない奴《やつ》だ。わかったよ。奏の努力を認めればいいんだろう」

「認めるだけじゃダメだよ。肝に銘じておいて」

そして奏は強く、窘《たしな》めるように俺に言い放つのだった。

「いずれ響は夢瑠さんの『彼氏』になって『旦那さん』になるんだから。あたしをしっかりと踏み台にして夢瑠さんと並んでも恥ずかしくないような、もっとステキな男の子になって。いい?」

今度もまた、俺はイエスともノーとも言わなかった。

というか、違う意味で言えなかった。

「………ううう」

俺達の対面に座る桐谷《きりたに》が——カップを鼻先にのめり込みそうなほど近付けて、ズズズズと音を立ててコーヒーを啜《すす》っていたからだ。

その鈍重な音は、桐谷がいかにやるせない状態で、最後の奏の台詞《せりふ》を聞いていたかを証明しているようだった。

なにしろ、見ていて可哀想《かわいそう》になるくらい我が妹は桐谷のことを「月村響《兄》の彼女候補」として微塵《みじん》も認識していないと分かってしまったのだから。

桐谷は少しだけ涙目で、とっても悲しそうだった。

今日の話し合いが、桐谷にとってより良い時間になったのかは不明だ。だが少なくとも俺は、何とも他人事《ひとごと》のようではあるが、自らについて、こう考えている。

——月村《つきむら》響は厄介な物件である、と。

決して自己評価が低いわけではない。

むしろ俺以上に俺のことを正確に評価している人は、おそらく夢瑠さんくらいで、つまり少なくとも世界で二番目には自分自身に正しいジャッジを下せている自負がある。

単純に、周りの俺に対する評価が、あまりにも高過ぎるのだ。

だから俺は「超人」なんて呼ばれてしまう。

妙な話だ。切られたり、刺されたりしたら死んでしまう、ただの人間如《ごと》きが超人だなんて――俺のどこを見て、彼らは俺に超人を感じるのだろう？

俺がまだまだ人を超えていないことなど自分が一番わかっている。だからこそ、どうしようもないのだ。出来ないことばかりなのだ。

▲　△　▽　▼

こうして、この日はお開きになった。

最後の方は奏が夢瑠さんの素晴らしさをひたすら桐谷に語り続け、どんどん桐谷の瞳が曇り始めた辺りで俺がストップを掛けた。

桐谷は、今回の話し合いをどう捉えてくれただろうか。

俺達兄妹の事情について、多少は納得してくれたのならば俺としては嬉《うれ》しい。

アレが誰に話してもすんなりと理解を得られるような内容ではなかったと自分でも分

かっている。

実際、明日も、俺と奏は兄妹としてではなく彼氏彼女として学校に通うのだ。早朝、家の近くの交差点で待ち合わせをして、手を繋《つな》ぎ、二人並んで学校へと——

高校生にもなって兄妹が頻繁に手を繋ぐなんて、おかしいのかもしれない。

だが、これがもっと幼い、小学生ぐらいの兄妹だったらどうだろう。

手を繋いだ兄妹を見て、異常だと感じることの方が稀《まれ》に違いない。俺達がやっていることは、結局のところ、そのときの延長線上なのだ。

俺達兄妹は小さな頃にその「欲求」を満たせなかった。両親が離婚し、血が繋がっていることを周囲に隠し、それでも互いの存在をしっかりと感じ取れる距離感での生活だけは続けた。

普通の兄妹ならば通過して来て当然の関わり合いを、ほとんど経験していない。だから奏が「彼女のフリをさせて欲しい」と提案してきても、俺はそれを断らなかった。

——色々と言っているが結局、奏は兄に甘えたいのだろうと思ったから。

そして俺も兄として、あいつのために出来る限りのことをやってあげたかった。

奏は自分を踏み台にして俺に成長しろと言っていたが——逆に俺も似たようなことを思っているのだ。

いつか、奏は俺との恋人ごっこを止《や》める日が来るだろう。そのとき、あいつの隣にはもっとあいつに相応《ふさわ》しい相手がいるに違いない。俺との他愛ない経験を踏み台にして、奏はきっと真っ当な恋愛をするだろう。

そして五年、十年経《た》って、奏が高校時代を振り返ったときに「なんであたし達《たち》、あんな馬鹿なことをしてたんだろうね」と言って顔を顰《しか》めるはずだ。そして静玖《しずく》やココ、亮介《りょうすけ》達に、どうやってこのことを打ち明ければいいのかと文句を言うに違いない。

そして、あいつはきっと責任を俺になすりつける。

俺も黙ってはいない。言い出したのはお前だったはずだと応戦する。さっきのような口《くち》喧嘩《げんか》になるかもしれない。

けれど、それでいい。それが一番いいんだ。

俺はこんな未来が来ることを、心の底から待ち望んでいる。

――ピピッ、ピピッ。

「む……」

そこまで考えたあたりで、不意に机の上に置いていたスマートフォンが鳴った。

今、俺は今日あったことを頭の中でまとめながら、七月末に控えた期末テストに向けて勉強を行っていたのだ。

俺達は高校二年生だ。二年の七月ともなれば誰もが将来の進路について、かなり真剣に考え始める時期でもある。もっとも俺はもうとっくに志望校を固めているため、あとはせいぜい、どの学部を受けるのかというぐらいなのだが――

「なっ……!?」

などという雑多な思考はディスプレイに表示された衝撃のメッセージを読んだ瞬間、一発で吹き飛んでしまった。

着信音はメッセージアプリに、とある人物からメッセージが届いたことを示していた。

メッセージは二件。

一つは写真、もう一つはそれに関する文章だ。

そして差出人は——西野夢瑠。

『実は秘密にしてたんだけど……父の再転勤が決まって、来月日本に戻ることになったんだ。偏差値も丁度良さそうだし、二学期から、わたしも響くんと奏ちゃんと同じ高校に通おうかなって思ってるんだ！　二年ぶりの日本！』

その写真には、自宅らしき場所で自撮りをしている夢瑠さんが写っていた。

初めて会ったときから数年が経ち、夢瑠さんは当時と比べてとても大人びた容姿になった。切れ長の目、深く艶やかな色合いの黒髪、柔和で、それでいてどことなく高貴な雰囲気——

だが、やはり何よりも俺を驚愕《きょうがく》させたのは、一緒に送られて来た文章だった。

情報の整理が追い付かない。

再転勤？　来月から？

しかも、ハチコーにだって。

夢瑠《ゆめる》さんが、日本に戻って来るっていうのか？

――プルルルル。

次の瞬間だった。

開いたままだったスマートフォンの画面がパッと切り替わり、通話アプリが立ち上がる。

着信だ。

掛けて来た相手は、夢瑠さん――ではなくて。

『ひ、響！　そっちにも届いた!?　ゆ、夢瑠さんからの連絡！』

奏だった。

「ああ。届いた。このタイミングで掛けて来るってことは……同じ内容のメッセージを俺とお前両方に送ったってことか」

『多分そうだと思う！　ねえねえねえ、響！　夢瑠さん、日本に帰ってくるんだよ！』

「……そうだな」

『響も嬉しいでしょ？』

「ああ。最後に会ったのは……二年前か？」

『うん。あれから一度も日本には帰って来てないもんね』

「確かに。年末年始くらい帰って来ればいいのにな」

『仕方ないよ。お父さんの仕事が忙しいみたいだし！　ふふふっ』

電話口の向こうから奏が本当に喜んでいることが伝わって来る。

俺も自然と口元が緩んでしまう。

奏が盛んに収集している写真などを見て、夢瑠さんの外見が以前とさほど変わっていないことぐらいは認識しているが……実際にあの人と最後に話したのは二年前だ。

二年という時間は長い。人は簡単に変わってしまう。

良い意味でも、悪い意味でも。

「(とはいえ夢瑠さんに限れば、悪い想像は全て杞憂《きゆう》だろうがな)」

きっと夢瑠さんは最後に会ったときよりも、ずっと綺麗《きれい》に、聡明《そうめい》になっているはずだ。

それは半ば確信に近かった。

奏ほど情熱的に想《おも》いを露《あら》わにすることは俺には出来ないが、それでも胸の奥には彼女への深い尊敬の念が未《いま》だに刻まれている。

この気持ちが、揺らぐことはない。

『空港にお出迎えにも行かないとね！』

「ああ。そうしよう」

なんだか俺も感慨深い気分になりつつあった。

実際に会ったら、あの人と何を話そう。やはり電話やメッセージアプリでは伝えられないことがこの世の中には山ほどある。あらゆることが楽しみだった。まるでパッといきなり部屋の中に花が咲いたような華やかな気分で――

「……ん？」

俺は、電話口で思わず声を漏らしていた。

というよりも、奏《かなで》が急に黙ってしまって、少し意表を衝《つ》かれたのだ。

今の奏のテンションはそれこそ上限を突破しかねない勢いで、立て板に水、放っておけば延々と、いいや、もはや永遠と夢瑠さんについて喋《しゃべ》り続けてもおかしくないと俺は思っていたからだ。

今日は奏の長電話に好きなだけ付き合う覚悟を決めていた。

そりゃあ、時期的に今は七月で、つまりは期末テストが近く、家での時間は出来る限りテスト勉強に費やさねばならないはずだ。

だが、奏——お前にはまだまだ語り足りないことがあるだろう？

今日ぐらいは、許しても良かった。

どうせ俺が窘めても『どうせあたし、ＡＯでしか受験しないし』と我が妹は間違いなく試験勉強を疎《おろそ》かにするだろうが、それでもあいつには最低でも赤点を避ける程度の学力は付けて貰《もら》いたかった。

高校受験のときは難関校であるハチコーの試験に何とか合格出来た程度の学力はあったのだ。過去のこととはいえ、勉強という行為を今のような失敗体験ではなくて、成功体験だと思えていた時期があいつにもあったはずで——

『あ。そっか』

随分と間を空けて、呆《ほう》けたような奏の声が鼓膜を揺らした。

「……どうかしたか？　急に黙り込んだりして」

『そうだった？　ごめん。あたし、今すごく重大なことに気付いちゃったの』

「重大なこと……？」

『うん。そっかぁ。そうなるんだ……へぇー。なるほどね』

「どうした。随分と思わせぶりじゃないか」

「そうかな。いつもと変わらないと思う」

どうだろうか。

このタイミングで急にいつもと変わらなくなったからこそ、奇妙だと思うが。

『ごめんね、響《ひびき》。あたし、用事が出来たかも』

「なに？」

『今日は切るね。明日、学校で伝えるから』

ブツンと唐突に奏は通話を切った。

「……一方的過ぎる」

正直、俺は面食らっていた。

未だに奏に対して「真っ当に兄妹をやっている」とは到底断言出来ない関わり方をしている自覚はあるが、それでも数年前と比べて圧倒的に接点は増えた。

そこには空白と断絶の時間こそあったものの、今となっては俺は奏のことを概《おおむ》ね理解出来たつもりではいたのだ。

ただ、やはり双子であるとはいえ、別の人間だ。

奏の考えていることを全て俺が理解出来ているわけではない。

——奏はいったい何に気付いたのだろう？

困ったことに、このときの俺にはまるで予想が付かなかった。

「まぁ、おそらくそこまで重大なことではないだろうが……」

言いながら俺はメッセージアプリを再起動し、改めて夢瑠さんから届いたメッセージと向き合った。

夢瑠さんの写真と、それに添えられた帰国を告げる文章。

既読は付いてしまっている。早急に返答を考えなくてはなるまい。

「……」

じっと画面を見つめたのち、俺はその写真をタップし、最大化して表示した。

家のリビングらしき場所で満面の笑みを浮かべる夢瑠さんの姿を見て、自然と口元が緩む。そして、そのまま右隅の設定欄へと進み——添付されていた写真を保存した。

一ヶ月、二ヶ月先の近い未来すら待ち遠《たま》しくて堪らない。

久しぶりの感覚だった。

▲　△　▽　▼

翌朝。

いつものように「とくダネ!」のオープニングトークだけを見て、家から出た俺は奏との待ち合わせ場所へと向かった。

国道二十号線。

ハチコーは、ここから目と鼻の先で、この横断歩道を渡ってすぐのところにある。時間にして数分足らずで、本来は待ち合わせをする必要すらない距離なのだが、それでも俺と奏は高校に入学してから毎日ここで合流し、一緒に学校へ向かうと決めていた。

思えば、揃《そろ》って登校しようと最初に言い出したのも奏からだった。

その頃、俺達はまだ中学生で、ここから少し離れたところにある私立中学に電車で通っていた。関係もあくまで「兄妹」で、しかも共に過ごすことが出来なかった断絶期間を埋めるための、ささいな歩み寄りに等しかった。

高校進学を境に、俺と奏は偽りの恋人同士となった。

それを最初に言い出したのも奏だった。

「……遅い」

奏は概ね怠惰な性格ではあるが、遅刻だけはしない。

奏がファッションモデルとして活動する芸能界は極めて奇妙な世界で、諸々《もろもろ》の一般常識が通用しないわけだが、それでも時間にルーズであることだけは絶対に許されない世界なのだ。

だから、俺との待ち合わせについても、時間に間に合わせることは大前提。その上でどれだけ早く来るかというのが争点になったりもしたのだが——

「（八時二十分……）」

今日は本気の遅刻だったわけで。

俺達《たち》の待ち合わせ時間は八時十分。始業が八時三十分であることを考えると、これでもまだ多少の余裕はあるが、それでも十分遅れとはあまり穏やかではない。

奏の目指す「クールで余裕を持った大人の女性（つまりモロ夢瑠さんのことだ）」は、時間ギリギリに大慌てで教室に走り込んで来るような無様を晒《さら》したりしない。だから時間だけはしっかり守ると常々言っていたはずだ。

当然、メッセージアプリで「どうした？」「なにかあったのか？」などと何度もメッセージは送っている。

だが、既読は付くものの、返事はない。とはいえ、これは多少マシな展開だ。

朝の登校時間に既読すら付かないパターンが一番怖い。

既読が付くならば少なくとも相手が活動していることは担保されるからだ。一切何も反応がないとなると「超ド級の寝坊をしている」という希望的観測を除けば、生命活動に支障が生じている可能性を危惧しなければならなくなる。こうなると同居している母さんに連絡しなければならなくなる。仕事の邪魔になることを考えるとそれは正直避けたい。

「（あと一分待って音沙汰がなければ、次は電話だな……む？）」

そこでようやく奏からの連絡通知が届いた。

手段は電話ではなくメッセージ。急いで画面を切り替え、送られて来た文章に目を走らせる。

『ちょっと遅れるから先に行ってて』

内容はあまりに簡素だった。

「……まったく」

あと二十分、もしくは十五分早くこの文章を送ってくれと返信したい気持ちを俺はグッと呑《の》み込み、スマホをポケットにしまった。

その瞬間、足はもう学校に向かって進み始めている。

結局、俺は一人で登校することになった。

校門に差し掛かった辺りで顔見知りの友人達と遭遇する度に「あれ、牧田《まきた》さんは一緒じゃねーの?」「奏先輩お休みなんですか?」と、奏がいないことを何度も指摘された。

周りの人間からしても、俺と奏が並んで登校して来るのは自然な光景だったということなのだろう。

考えてみると、俺も奏もこれまでの高校生活では無遅刻無欠席だ。奏は撮影などで早退をしたことはあるが、何だかんだで毎日学校に通ってはいる。

つまりこの一年半の間、俺達は毎朝必ず並んで登校していたことになる。

だとすると、これが初めてなのか——俺達のどちらかが欠けた登校風景を見せるのは。

「(少し、妙な感じがするな)」

当たり前だったことが、そうでなくなる瞬間というものは決して珍しくない。そこには幾何《いくばく》かの喪失感があって、そしてささやかな哀愁が胸に押し寄せるものだ。

とはいえ、それがずっと続くわけでもない。

奏が隣にいないのは、今日だけだ。

明日からは今までと同じ毎日が待っている。

――このときの俺はそう信じてやまなかったのだ。


俺が教室に着いてから数分後、始業時間ギリギリになって奏はやって来た。

「あー！　やっと来た！　遅いよ、奏ー！」

誰よりも早く奏を発見したのは、俺と奏にとって共通の友人である千代田《ちよだ》静玖《しずく》だ。

誰よりも明るく、そしてフレンドリー。流行物《はやりもの》が大好きな女の子。そのグラビアアイドル顔負けのルックスとスタイルで、特に男子から熱烈な人気を集めている。

「ごめん。でも遅刻はしてないよ」

「そりゃあそうだけどさ。単純に珍しいじゃん？」

「珍しい？」

「うん。そうそう」

立ち上がった静玖がちらりと俺の方を見た。

「奏は響と一緒に学校に来るわけでしょ。奏が遅れたら響に迷惑が掛かっちゃうし」

「ああ……まぁ、そうなるね」

奏が曖昧な返事をした。

何とも歯切れの悪い言葉だ。静玖も返って来た言葉にいまいちピンと来なかったのだろう。「うーん？」と首を傾《かし》げ、改めて俺の方をちらりと見た。

つまり二度見である。

静玖の大きな瞳は、暗に俺にこう尋ねているわけだ。

――奏となにかあったでしょ、と。

だが、困ったことに、俺も奏が妙な態度を取っていることに心当たりはないのだ。

ならば、訊《き》いてみるしかないだろう。俺は静玖に小さく頷《うなず》き返したのち、ゆっくりと奏の方を見た。

「……で、どうしたんだ、奏。今日は寝坊でもしたのか？」

「そういうわけじゃない」

奏が首を横に振った。

「あたし、ちゃんといつも通りの時間に起きたよ」

「特に寝坊してないのに、こんなに遅くなったのか？」

「今日は、響と一緒に登校しない方がいいかなって思ったの」

「……どういう意味だ、それは？」

「ええとね――」

奏《かなで》が唇を尖《とが》らせ、視線を落とした。すると隣にいた静玖が納得した様子で大きくポンと両の掌《てのひら》を鳴らした。

「あ、わかった！　忘れ物があったとか、宿題やってなかったとかでしょ？」

「ううん。違う」

「ええっ!?　か、完璧な推理だと思ったんだけどな～」

が、すぐさま一発で否定される。

ガックリと項垂《うなだ》れる静玖。

それに合わせて彼女のあまりに豊かな胸元がたゆんと揺れ、そして周りの席で特に関心なさそうにしていた男子複数の視線が一瞬でババッと殺到し、揺れが収まった瞬間、すぐさまササッと何事もなかったかのように去っていった。

俺はその刹那の交錯に苦笑するしかない気持ちになるが、静玖の一挙一動に注目してしまう男子生徒が数多くいることは揺るぎのない事実なので、それについて今、どうこうしようという考えはなかった。

わかるのは、やはりこんな他愛のない会話であっても、俺達のやり取りは注目を集めてしまっていることだろう。

――俺と奏、そして静玖は、このクラスにおける「スクールカースト」の最上位に位置している。

この立ち位置を俺達が望んだわけではない。

いつの間にか俺達の居場所はそこであるとポジショニングされ、自然とそれが当然であるかのように皆が認識するようになったのだ。

スクールカーストの最上段、つまり「最も高い場所」――そこが本当に純粋な高台であり、今のようにただ注目を集めるだけ、目立つだけの場所であるならば、きっと何も問題はなかっただろうに。

スクールカーストという頂は、それほど単純ではない。

様々なしがらみが付いて回る。行動を阻害され、役割を強制され、自由を奪われる――

俺はこの制度を破壊したいと考えている。

だが、そんな願いもまだ道半ば。

自分が所属する市立八王子高校、二年二組――その中ですら、俺は皆の意識に根付いたスクールカーストを取り払うことが出来ずにいるのだから。

「……で、奏。結局、答えはなんなんだ。俺との待ち合わせに遅刻するような、とんでもないことに気付いたとのことだが……何に気付いたんだ？」

クイズを出しているのではないのだ。いつまでも回答を引っ張る理由もないだろう。

――きっと他愛のない答えが返ってくる。

俺は半ばそんなことを確信して、奏に尋ねた。

「ねえ、響《ひびき》」

そして奏が言った。

「——あたし達って、もう付き合ってる意味なくない？」

それは、全く起伏のない声だった。

強くもなく、弱くもない。

感情的でもなければ、かといって意図的に声色を制御した非情なものでもない。

恐ろしく平坦《へいたん》で、言うなれば無機的な響きだ。

まるで数学のテストの解答欄に無心で解答を記入したときのような、当然そうあるべき答えを、ただありのまま表に出した——そんなニュアンスを俺は感じ取った。

ならば、その返事は。

俺は奏の、妹の、そして彼女の突然の言葉に対して、どんな第一声で以《もっ》て、応じるべきなのか？

気が付けば二年二組の教室はスピーカーのスイッチを切ったかのようにシンと静まり返り、廊下の向こうから一方的に流れ込んで来る朝の雑多なノイズに浸透圧で潰されてしまいそうになっていた。

この瞬間、教室内にいた全員が俺と奏の会話に耳をそばだてていたわけではない。

けれど、沈黙とは伝播《でんぱ》するものだ。

目の前の人間がいきなり黙り込んだら、それは何故《なぜ》かと思い、自然と自分も口を噤《つぐ》む。

沈黙は沈黙をドミノのように連鎖させ、あっという間に周囲を呑み込んだ。

周りの視線が集中する。

奇《く》しくもつい先ほど、静玖のさりげない所作に男子達が目を奪われたときですら比べ物にならないほどに。

「奏」

「なに」

「もう一度、同じことを言ってみてくれないか」

「うん。わかった」

努めて押し殺した声で俺は奏に要求した。奏はにこりともせず、首を縦に振った。

「あたし達って、もう付き合ってる意味なくない？」

瞬間、どよめきが起きた。

すぐ近くにいた静玖も口元を両手で押さえ、大きく目を見開いている。

驚いていないのは、奏と、そして――

俺だけ、か。

奏は更に続けて言った。

「一旦、彼氏と彼女って関係は終わりにした方がいいと思う。だって、ね？　響もその理由はわかるでしょ？」

俺は何も言わなかった。

――全てのトリガーは、夢瑠《ゆめる》さんが日本に帰って来ることだ。

『月村《つきむら》響の隣に妹である牧田奏が彼女という立ち位置で居座ることで、いつか帰って来るであろう西野《にしの》夢瑠のため、兄に近付いてくる女子を牽制《けんせい》すること』

それが俺達《たち》兄妹が偽装カップルとして振る舞う理由の全てだった。

このあまりに馬鹿げた目的の是非について、今、俺は何も言わない。だが、この何とも言えない奏の野望を、俺が相当に軽視しているのは確かな事実だった。

だからこそ——発想の転換が遅れてしまった。

これは俺の失態であり、思いついたら感情の赴くまま、適当に行動しがちな奏の性格を見落としていたのである。

夢瑠さんが日本に帰ってくるのなら——俺達兄妹が彼氏彼女でいる理由がなくなるというのに。

そして、奏はこうも考えたのかもしれない。一年半もの間、じっくり温めておいた席を尊敬する先輩に差し出すためには、とにかく劇的に、月村響と牧田奏が破局するのがベターなのである、と。

つまり、出来るだけ多くの人の目に付くところで。

これ以上ないほど完璧に。

「……終わりにした方がいい、か」

「うん。響もそう思うでしょ？」

真《ま》っ直《す》ぐ俺を見つめていた奏が、ふいに口元をわずかに緩めた。

——にこり、と。

瞬間、クラスメイト達の口からまたしても、どよめきが漏れた。

奏の笑顔は、どうしようもないほど絵になる。

いかに奏の演技力があらゆるドラマ撮影でＮＧを食らう大根中の大根だとしても、演技をしないナチュラルな笑顔となると話は変わってくる。

この瞬間、奏の整った口元に刻まれた笑みは、まさに男と女が別れるときの哀愁を想起させるモノだった。

――互いに愛し合った男女は別れるときに相手を蔑むのではなく、泣き喚《わめ》くのでもなく、かつての輝かしい記憶を思い出し、笑うことがある。

それを実際に体験している人間がこの場にどれだけいるかは定かではないが、少なくともドラマや映画などで見かけることのあるワンシーンではあった。

だから、俺達は想像することが出来た。

否。

完全に偶然とはいいえ、この瞬間の奏の笑顔はあまりにも美しかった。完璧だった。だからこそ――俺達は、そんなヴィジョンを想像させてしまったのだ。

月村響と牧田《まきた》奏の関係が終わるという光景を。

「ほ、本当に、別れるんだ……」

誰ともなしに、言葉が漏れた。

この台詞《せりふ》を口にしたのは、誰だったのだろう。

今となっては分からない。

だが、そんなことはどうでも良かった。

奏の笑顔は、言葉を用いずとも周りの人間を納得させるには十分過ぎる破壊力を秘めていたから。

――実際のところ、奏の胸中に男女の別れの哀愁なんてものは微塵《みじん》も存在せず、単に夢瑠さんのことを思い浮かべて、ちょっと嬉《うれ》しい気持ちになっただけだったとしても。

そのとき、教壇側の引き戸がガラリと音を立てて開いた。

「み、みんな、何やってるんだ……？」

そこには担任教師の小野寺《おのでら》が立っていて、教室内の張り詰めた空気に驚愕《きょうがく》しているようだった。運がない。もうＬＨＲの時間だ。

俺と奏に注目していたクラスメイト達も担任が入ってきたため、姿勢を正し、ぞろぞろと自分の席へと戻っていく。

「奏。あとで改めて、この話をしよう」

「そう？　別に何も話すことなんてないと思うけど」

言うべきことは全て言い尽くしたという表情で移動を始めようとしていた奏に声を掛けるも、まともな言葉は返ってこなかった。

「……参ったな」

俺は大きく息を吐き出し、椅子の背もたれにドッカリと体重を預けた。

——やられた。

当たり前の話だが表立った場所で、俺と奏は自分達の血が繋《つな》がっているという話題を出すことが出来ない。奏はそれを逆手に取って、あえて人目に付く場所で別れ話を切り出すことで、俺のあらゆる追及を封じ込めたのだ。

元はと言えば、この偽装カップルは奏が言い出したことなのに。

なんて自分勝手な。

「(いや、それ自体は別に構わないのだが……)」

元々、この仮初めの恋人関係はいつか必ず終わらせなければならないモノだった。

奏は自分を踏み台にして、夢瑠さんにとって良い彼氏になれ——と俺に謎の発破をかけたが、これは別の論理も成立するのだ。

——いずれ、必ず奏にも好きな相手が出来て、恋をする日が来る。

そのとき、俺と過ごした時間が、多少の礎にはなって欲しいと思う。

だから決別の時が来ること自体に文句はないのだ。

それを決めるのは奏だ。奏がこの恋人ごっこを止《や》めると決めたのならば、俺はそれに従うだけなのだから。

だが、それは今なのか、とは多少思わなくもない。

俺と奏《かなで》が彼氏彼女として振る舞っていることを夢瑠さんは知らない。

奏は喋《しゃべ》りたそうにしていたが、俺が全力で止めていた。

だって、こんなことをあの人に言えるわけがないだろう……。

近いうちに説明する機会からは逃れられない。夢瑠さんはハチコーに転校して来るのだ。隠し通すことは不可能になった。

とはいえ、あの人はそれを聞いたとしても、きっと「二人は随分と面白いことをしてたんだね」とケラケラ笑うだけに違いないけれど。

奏が俺達を結びつけたがっていることは夢瑠さんも流石《さすが》にご存知だとは思う。当たり前の話だが、これは奏が一人で勝手に言っていることなのだ。

それよりも俺としては、奏のことが心配だった。

なにしろ、奏は相当にルックスが良い。

あいつが毎月モデルとして載っているファッション誌の『CORAL《コーラル》』は俺も毎月購読して、しっかりとチェックしているが……あそこの雑誌に出て来るモデルの中で、奏が一番の美人なのは明白である。

まだ歴は浅いが、業界でもトップクラスの雑誌でトップのモデルとして活躍している奏に興味関心を持つ男は多い。それが望ましい相手ならば俺も文句はないが、そこまで楽観的でいられるほど、この世界が優しくは出来ていないことも俺は知っていて——

「…………ん？」

そんなことを考えながら自分の席に座り、あと十数秒後に始まるであろうLHRを待っていたときだった。

——何となく、辺りに違和感を覚えたのは。

何気なく、周囲を見渡す。

最初は哀れみの視線が注がれているのかと思った。

なにしろ、今の俺はハチコーで最もホットな「フラれ男」だ。普通、恋人関係の解消というのは人目に付かないところでこっそりと行われるか、もしくは済《な》し崩《くず》しで自然消滅するかの二択が大半を占める。

部外者がいるところで、別れ話なんて普通はしないものだ。

が、奏の暴走によって、俺は二十人以上のクラスメイトがいる朝の教室で破局を言い渡されてしまった。

これは中々センセーショナルだったに違いない。周りの人間からすれば、フラれたばかりの「俺」という存在がついつい気になってしまうのは仕方がないことだろう。

だが、これは——

「(ただ、見られているだけではない……?)」

男達の視線はほとんど俺が想像した通りのモノだった。例えば今一瞬、普段から仲の良い友人であるダンス部に所属する藤代亮介《ふじしろりょうすけ》と目が合ったが、あいつはパクパクパク！と声を出さずに口だけを激しく動かし、強烈な追及のポーズを取っていた。

あの口の動きにアフレコするならば「おいおいおい!?　どーなってんだよ、響《ひびき》!?」というところだろう。亮介と同じく、男子達は心配した表情でこちらを見ている者がほとんどだった。こんな良い奴《やつ》らに大きなウソを吐《つ》いていることが申し訳なくて堪《たま》らなくなる。

想像と異なったのは、女子達の反応だ。

何かが違う。

今、彼女達の俺を見ている眼差《まなざ》しは、哀れみでも興味本位でもない気がした。

「……」

ゆっくりと俺は姿勢を正し、黒板の方を見た。グサグサと背中に痛いほど視線が突き刺さるのを感じる。やはり、その正体は俺が予期したモノとは全くの別物だ。

そう、これは――

「(視線が妙に熱を帯びている、ような……)」

俺はハッとした。

脳裏に浮かんだのは、先日、喫茶店「イーハトーブ」にて、奏が俺の彼女として、いかに自分が役割を果たしているかを自信満々に語った場面だった。

『手の掛かる兄貴だけど、やっぱりあたし達は双子だからね。見捨てるわけにはいかないよ。ちゃんと守ってあげないと』

あの妄言としか思えなかった主張に、桐谷《きりたに》は大いに同意していた。俺はてっきり桐谷は奏に流されて、イエスと言っているのだろうと高を括《くく》っていたのだが――

もし、それが、ある種の普遍的な事実だったとしたら?

――月村響の彼女の座を狙っている女子が、俺の想像を遥《はる》かに超えるほど多かったとしたら？

「な、なんだか、今日は教室の雰囲気がおかしいな……ま、まあいいか。それじゃあLHRを始めるからな……」

担任の小野寺ですら、改めて教室内に流れる妙な雰囲気を察知していた。

それは事実だった。

実際、この違和感が、決して勘違いなどではなかったと俺はすぐにあらゆる角度からそれを認識することになるのだから――

二章　月村響は誰の隣に？

月村《つきむら》響と牧田奏の破局は、次の日にはもう学校で周知の事実として認識されていたようだった。

ちなみに、これは想像ではなく、俺の実感だ。

なにしろ、明らかに俺を見る周りの視線が今までと違う。例えば交流のあるダンス部の一年生などが俺を廊下で見かけるなり慌てて駆け寄って来て、奏と別れたことについて訊《き》いて来たりもした。

学年が異なる一年生の間ですら俺達《たち》が別れたことは大きな噂《うわさ》になっていて、そのせいで期末テストの勉強に手が付かない生徒も続出しているとか何とか（それは単に勉強をサボる口実が欲しかっただけだろうが）。

とはいえ、数日が経《た》ち、週が明けた。

——俺の周囲は、更にとんでもないことになっていた。

「月村先輩……お願いですっ。私と付き合ってください！」

四時間目の日本史が終わり、隣の教室から二年二組の教室に戻って来たところ、そこに数人の女生徒が待ち構えていた。

見覚えがない子ばかり――一年生だ。その中心にいた女生徒が俺の顔を見るなり近付いて来るや否や、いきなりガバッと頭を下げ、唐突に告白して来たのだ。

俺は困惑する。

ここ数日で不意打ち的な告白にはそこそこ慣れたつもりだったのだが、まさかここまで人目を忍ばずに告白して来る子が登場するだなんて。

「……まず、頭を上げてくれないか。俺はそんな風にお願いされてまで、告白されるような男じゃない」

「はいっ！　ありがとうございますっ！」

改めて女生徒が勢いよく顔を上げる。

その子は面識こそなかったが、かなり可愛《かわい》らしい容姿をした女の子だった。

髪型はわずかに明るい色に染めたガーリーな印象を強調するレイヤーカット。校則違反にならない程度にメイクもしていて、制服の着こなしもパリッとしていた。

特に目を引いたのは、彼女の姿勢がとても良いことだった。背丈は百六十センチに満たず、女子の平均身長よりも若干低いように見受けられるが、シャンと一本線が通ったような気持ちの良い立ち方をしている。

佇《たたず》まいから自信が溢《あふ》れているし、何らかの姿勢を重視する類の武道か、もしくは茶道や華道などを修めているのだろう。間違いなく彼女は優等生で、そして一緒に連れ立ってやって来た女生徒の中のリーダー的存在に違いなかった。

俺は憂鬱だった。こんな魅力的な子に告白されて、それを今から──断らないといけないなんて。

「……付き合ってくれという話だが、すまない。そもそも俺と君は面識は──」

「な、ないです！　初めてお話しさせて頂きます！」

女生徒が張り詰めた声で続ける。

「私、一年の橋爪凛《はしづめりん》と言います。前からずっと月村先輩に憧れていたんです。でも、月村先輩にはずっと彼女がいらっしゃったわけで……で、ですが……状況が変わったと小耳に挟みまして……」

橋爪と名乗った女生徒は大分緊張しているようだ。口調がぎこちないというか、相当に言葉を選んでいる印象を受けた。

俺はすぐさま助け船を出した。

「……そうだな。一応、前付き合っていた彼女にはフラれたということになっている」

「ッ──そ、そうらしいですね！」

ハッとした様子で女生徒が大きく目を見開いた。

「それで、その、私……今しかない、と思いまして……月村先輩のことを狙っている子って、すごく多いんです。しかも、他にも色々と噂を、その、またしても小耳に挟んでいまして……」

どうも、この子は小耳に挟む物が沢山あるようだ。つまり、この数日で俺の周りで起こっている騒動を把握しているということか。ダンス部の男子が言っていたことは本当だったわけだな……。

「そうだな。プライバシーの問題もあるから、あまり大声では言いたくないが……そここの人数から、告白されてしまった……」

「っ……ぞ、存じております……！」

クッと彼女は奥歯を噛《か》み締め、俺の顔を真《ま》っ直《す》ぐ見た。

——ここしかない。

それは意を決した覚悟の表情だった。

「もう一度言います！　月村先輩、私とお付き合いして頂けないでしょうかっ。たしかに私達は面識こそありませんが……私は本当に先輩のことをお慕いしています！　先輩は私の理想なんです！　いきなり好きになってくれなんて言いません。だから、最初は……私のことを、少しでも知って頂く機会が欲しいんです！　恋人になるなんて求めません。私にチャンスをくださいっ！　お願いします！」

本当に力強い告白だと思った。

何より俺が舌を巻いたのが彼女の用いた「告白の論理」があまりにスマートだったことだ。

橋爪さんは俺と面識がないことを前提として、告白の言葉を練って来ていた。

面識がないのだから、当然俺の方に恋心がないことも承知している。だから「恋人にはまだならなくていい」という条件を提示しているし、まずは自分を知って貰《もら》うことから始めてくれないかと切り出したわけだ。

——加えて、その告白を公衆の面前で行うことで、効果が数倍にも増している。

この告白を断るということは、俺が恋愛関係になるどころか、相手を知ることすら拒否することになる。

彼女の一方的な論理ではあるものの、それはあまりにも外道に見えてしまうだろう。

時間は四限が終わった昼休みである。

当然、見目麗しい一年の女生徒が、二年生の教室の前で男子生徒を呼び止めて、力強い告白をしている場面は嫌でも人目を引く。

今もリアルタイムで見物人というか、俺達のやり取りを遠目に見ている人間の数が増えつつあった。

極めてノーとは言い難いシチュエーション作り。

真の意味で「地の利を得た」とはこのことだろう。考えに考え抜かれた告白だ。人によってはそれを「計算高い」と称するのかもしれないが、俺はそうは思わない。

——ただ、彼女は本気の告白をしようと思っただけなのだから。

本気だから無策では突っ込まない。一パーセントでも成功率を上げるために、出来ることを全てやった。

だって相手のことが好きだから。

本当に、親しい関係になりたいと思っているから。

俺は思う。痛感する。

恋愛とは綺麗事《きれいごと》ではないのだ、と。

俺と奏《かなで》がやっていたことは、所詮は恋人ごっこに過ぎない。そこには家族としての親愛こそあれ、本来の恋愛が秘めているドロドロした部分は全く存在しなかった。

これが生身の恋愛なのだ。

だが——

「すまない、橋爪さん。君の期待には応えられない」

「えっ……」

彼女がビクンと肩を跳ね上げた。目はすぐさま透明な液体で濡《ぬ》れ、口元はくちゃくちゃに歪《ゆが》んでいく。

「そ、そんな、どうして……」

上擦った声が小さな唇から溢れ落ちた。俺は答える。

「君は譲歩をし過ぎじゃないかな」

「じょ、譲歩……？」

「ああ。君みたいに可愛らしい女の子が、告白相手に対してそこまで自分にとって不利な条件を出すのは、あまり良いことではないと俺は思ったんだよ」

これは俺の本心だった。

彼女の告白は、まさに縋《すが》るような告白だった。

一縷《いちる》の望みがあるならば、それがたとえ天から垂らされた蜘蛛《くも》の糸であっても必死に手を伸ばし、食らいつく——それも告白の一つの形ではあると思うが、される方としてはあまり心地良くはないのだ。

少なくとも、俺は。

俺も彼女も、所詮はただの人間だ。初めて桐谷《きりたに》と真っ正面から向き合って話したとき、似たような話をしたことが脳裏をよぎった。

そこには上も下もなければ、どちらが偉いという話もないのだ。

恋愛は、スクールカーストと似ていてはならないと俺は思う。

——上下関係のある恋愛を、俺は肯定したくない。

「確かに俺は君の先輩ではあるから、本当の意味でフラットに付き合うのは難しいとは思う。それでも俺は……やっぱり、自分と付き合う相手とは対等な関係を築きたいし、俺に遠慮して欲しくないんだ。もし恋人になったとしても、君の中で、いつまで経っても俺に『付き合って貰ってる』という認識が消えないんじゃないかと思ったんだ。これは健全な恋愛じゃないと俺は思う。あくまで、俺の個人的な考えですまないが……」

伝わるだろうか。

心に願った次の瞬間、橋爪さんがゆっくりと口を開いた。

「…………いいえ。月村先輩は、間違ってないです。今の私では月村先輩と対等な恋人になることは、絶対に、どう頑張っても……出来ないと思います……」

「すまない」俺は頭を下げた。

「いいんです。た、多分、私にはまだ覚悟が足りなかったんで……でも、もしも私が本当の意味で、月村先輩と向き合える日が来たら――もう一度、告白させてもらってもいいですか？」

「ああ、もちろんだ」

「ありがとうございますっ……！」

大粒の涙で頬を汚し、両手で口元を押さえた橋爪さんが最後に俺に一礼して、背後で待っていた友人達の元へと帰って行く。

彼女の友人達は口々に「凛、よく頑張ったよ！」「すごく立派だった！」などと彼女を励まそうとする。橋爪さんはそのまま友人の一人の胸に飛び込むように抱き付くと、そこでついに――涙腺が完全に決壊したのか、大きな声を出して泣き始めた。

「月村先輩に可愛いって言ってもらえたぁっ！」

咽《むせ》び泣き、絶叫する橋爪さん。

告白を終え、友人の元によろめきながら戻って来た第一声がそれなのか――とは思わなくもない。実際、女心は複雑とは聞く。俺には彼女達の思考を完全に想像することは出来ない。

「(また、好意に応えられなかった)」

一方で俺は暗澹《あんたん》とした気分に襲われていた。

俺と奏が別れたことが学校中に知れ渡ってから、まだ一週間も経《た》っていない。だというのに、こんな風に俺が女子に告白されて、それを断った回数は、既に片手の指では足りなくなっていたのだ。そして更に絶望的なのは——この告白ラッシュがまだ終わる気がしないということだった。

「(それに、なんなんだ、この異様な雰囲気は……)」

——愛くるしい下級生の女子が渾身《こんしん》の覚悟でもって告白をしたものの、その相手である上級生の男は、その告白を断った。

女生徒は友の胸に顔を埋《うず》めて、涙を滝のように流している。

この光景は決して肯定的なモノではないはずだ。

悲壮感というか痛々しさ——告白に失敗した女生徒への同情と、一握りの望みすら断ち切った上級生の男に対する非難で溢れかえるべきなのだ。

本来、ならば。

『さすが月村《つきむら》くん。告白してきた相手のことも考えているのね……!』

『オレならあんな可愛い一年生に告白されたら、相手を知らなくてもすぐＯＫしちゃうだろうなぁ。しっかりしてるなぁ』

『ああ、月村は立派だ。俺達《たち》も見習わなくては』

『オレは勿体《もったい》ないと思うけどなァ……』

周りでそんな風に囁《ささや》き合う声が、絶えず俺の耳に届いた。一部、当然とも言うべき否定の言葉もあったが、周囲の賛美の声に掻《か》き消されてしまっていた。

女性の好意を無下にして、褒められるなんてことがあっていいのだろうか。

俺には、本気でよく分からない。

「……はぁ」

俺は大きく息を吐き出した。

皮肉にも、状況は奏が最初に予言した通りになりつつあった。今まさに、まるで世界が一変したかのような大騒動が巻き起こっているのだ。

――恐ろしく、俺の身の回りが面倒なことになっている。

と、そのときだった。

「………あ」

廊下の向こう側――丁度、階段の踊り場の方から、見慣れた少女がゲッソリとした表情を浮かべて歩いて来るのが見えたのは。

牧田《まきた》奏。

数日前に偽装の恋人関係を解消した、俺の妹。

そんな彼女が物凄《ものすご》く何かを言いたそうな瞳で俺の方をジッと見つめ、そしてクイッと顎で右斜め上――屋上を指し示した。

俺は奏のジェスチャーに無言で頷《うなず》いた。

▲　△　▽　▼

人目を忍び、お互いコソコソと屋上に移動した俺達は顔を見合わせて、揃《そろ》って大きなため息をついた。

「まさかこんなことになるなんて……」

「本気でとんでもないことになっちゃったんだけど……」

奏は消耗しきった顔で俺の方を縋るように見上げた。そして極めて元も子もない弱音を吐き出したのである。

「別れるなんて言うんじゃなかった……」

「阿呆《あほう》。あそこまで派手にやったのはお前だろうが」

「……だって、」奏が唇を尖《とが》らせる。「まさか、あたしまでこんな面倒なことになるなんて思ってなかったんだもん……」

——ここ数日、俺と奏は自主的に学校内では接触を断っていた。

理由は簡単で俺達が接近するどころか目線が交差し掛けるだけで、周囲に凄《すさ》まじい緊張が走るからだ。

そもそも奏が偽装カップルを解消することを適当に考えすぎていたせいでもあるのだろ

う。奏はそれこそ履歴書の肩書きを修正マーカーで消すぐらいの軽い気持ちで別れることを宣言してしまったのである。

だから、この困った妹は次の日からは普通に俺と待ち合わせて二人並んで学校に行くつもりだったたし、当然のように手も繋《つな》いで行くつもりだった。

彼氏彼女ではないとしても、奏からすれば自分達は兄妹なのだから一緒に学校ぐらい行くくし、適度なスキンシップを取るのは当然だと思っていたわけだ。

——だが、それは通らない。

というか、やること自体は可能だとしても、周囲の反応がとんでもないことになるのは明確だった。それは奏の言語に変換すれば「ウザくて」「面倒で」「かったるい」状況以外の何ものでもないのだ。

やはりカップルが破局を迎えれば、疎遠になるものだという固定観念が世間にはある。それに逆行するとなると、色々と手間が掛かるわけだ。

「何が大変なんだ。まさか、お前も男子達から告白ラッシュに遭ってるのか？」

奏が首を横に振った。

「ううん。まだそっちは一件もないよ」そして、微妙に目を細める。「思ったよりも、あたしは男子には人気がなかったみたい」

「……少しは告白されたかったみたいな口調だな」

「別に。モデル系は案外男受けが悪いのは鉄板でしょ」

「それは分からなくもないが。となると、そんな風にゲッソリしてるのは……」

「うん。全部、響《ひびき》とのこと……」

奏が深々と息を吐き出した。

「いつも話し掛けてくれるあたしのファンの子からは『月村先輩と別れるのを考え直してくれませんか……』とかも言われたよ」

「ああ、それは俺もあったな。おそらく、カップルＹｏｕＴｕｂｅｒ的な感覚で俺達のことを応援してくれていた子達だろうな」

奏が大きく頷いた。

「本当にそれ。あたしと響はハチコーのベストカップルなんだから別れるなんて絶対にダメなんだって。まぁ、これはまだ良い方でさ。それよりも最高に面倒なのが――『月村さんと別れたって本当なんですね』からの『じゃあ、私が告白しても構いませんよね』って感じで、あたしに響に告白する許可を求めてくるパターンだよ」

忌々しそうな顔で奏が吐き捨てるように言った。「っていうか、多分、これまで響に告白した子達、全員があたしに許可を取りに来たと思う」

「……マジか？」

「多分マジだよ。あたしを空港で入国手続きをする人だとでも思ってるんじゃないの。本当にバカみたい。そうだ、答え合わせしてみる？　最新は三年生の――」

「三年？　ちょっと待て。まだ上級生からは告白されてないが……」

「えっ……」

奏《かなで》が一瞬黙り込んだのち、数秒経ってから一人で納得したように何度もコクコクと頷いた。奏は小さく胸元で両手を合わせ、俺に向けて小さく会釈をする。

「ごめん、響。ネタバレしちゃったみたい。これは一旦忘れて、次に告白されるのを楽しみに待っていて欲しい」

「……お前って奴《やつ》は」

ネタバレ——なんて俗な表現なのだろう。告白という、ある種の神聖な行為が急に陳腐になったような印象を受けた。

控えめに言って、かなり最悪だ。一方、無垢《むく》なるネタバレ者である奏はしれっとした表情のまま、声のトーンを全く変えずに続ける。

「ええと、じゃあ、あれかな。響の最新は……一年生の吹奏楽部の子？　髪型はレイヤーカットで、カラーはハニーブラウン。あたしが推理する限りだと『ＣＯＲＡＬ』は多分読んでなくて『ｃｅｒｉｓｉｅｒ《スリジエ》』読者の可能性が高い。名前は……橋……橋、本？」

名前こそうろ覚えだが、外見はばっちり記憶しており、愛読していそうなファッション誌のタイプ推測まで行っているのは実に奏らしいと思った。『ｃｅｒｉｓｉｅｒ』はガーリー系のモデルが多く載っている『ＣＯＲＡＬ』のライバルとも言える雑誌だ。

「……橋爪《はしづめ》さんのことだな。大正解だ」

「かなり可愛《かわい》い子だったね。どこで告白されたの？」

「二年二組の教室前の廊下だ」

「うわ。もうそこまで来たの。どんどん人通りが多くなってるじゃん」

「俺に言われてもな。大体、彼女達は突然来るんだからな……だが、そうか。まさか俺への告白が許可制みたいなことになってるとはな……」

「うん。完全に想定外だよ。しかも、なんか美人とか可愛い子しか来ないし」

奏がうんざりした様子でハイトーンに染めた薄い茶色の髪を掻き上げた。

「やっぱり、あたしの思った通りだった。響をフリーにしたらダメだった。今の響を女の子達が放っておくわけなかったんだよ」

「む……」俺はしぶしぶ頷く。「そうだな。それは認めざるを得ないかもしれない……」

「でしょう。響は自分を過小評価してたんだよ」

「そんなことはないと思うが……だとしても、ここまですぐに告白ラッシュが巻き起こるとまでは奏も予想していなかっただろう？」

「うん。それは、そう」

奏が眉をひそめる。そして堂々と言い放った。

「とにかく、こうなったら夢瑠《ゆめる》さんのことを早く公にするべきだよ。新しく出来た彼女は帰国子女で、今度転校してくる牧田奏の上位互換的な存在の西野《にしの》夢瑠さんですって」

「馬鹿を言うんじゃない。誰がそんなこと出来るか」

それに夢瑠さんが奏の上位互換というのもピンと来ない。

奏は夢瑠さんのようなクールビューティに憧れてはいるものの、今の時点ではよそ行きのときの雰囲気と外面ぐらいしか真似《まね》出来ていない。奏は奏、夢瑠さんは夢瑠さんなのだ。

「出来ないって、どうして」

奏が不満そうな眼差《まなざ》しでこちらを睨《にら》みつけた。

「あのなぁ。そんなの夢瑠さんに迷惑が掛かるだろうが」

「えっ……」

「転校して来たばかりで俺の彼女がどうとか、そんな面倒極まりない問題に夢瑠さんを巻き込めるわけないってことだよ。転校生は帰国子女で、しかも何故《なぜ》か渦中の人物である月村響と付き合っているらしいなんて話になってみろ。普通に学校生活に支障が出るぞ。それこそ、火中の栗《くり》を拾わせるようなものだと思わないか？」

「そ、それは……！」

一瞬、反論しようとした奏がすぐに押し黙った。

数秒後、奏は明らかに意気消沈してしまって、どんよりとした声で首を縦に振った。

「……確かに、響の言う通りかもしれない」

「分かって貰《もら》えて何よりだ。これ以上、奏に暴走されたらこっちも困るからな」

「う、うん。じゃ、じゃあ、どっちにしろ、夢瑠さんと響がすぐに付き合い始めるのは難しいってこと……？」

「……俺と夢瑠さんの意見は置いておくとして、客観的に見てもそうだ。いいか、俺は大体のことについてお前の意思を尊重するし、応援すると決めている。モデルになりたいと言ったから色々とサポートしてるし、彼氏のフリをしてと言われたからしている。いや、していいた、か。ただ、何もかもが罷《まか》り通るわけじゃない。他人に迷惑を掛ける可能性があるなら、俺だってノーと言うこともあるんだ。わかるな？」

「…………うん」

「よし。まず大前提として俺は日本に帰ってくる夢瑠さんの負担を増やしたくない気持ちが強い。三年のこの時期に日本に来るとなると、大学受験の問題が一番デカいだろうからな。帰国子女枠で受けるとしても、夢瑠さんは高校生活を丸々アメリカで過ごして来たわけだから、こちらの勉強に慣れるためにやることも色々とあるだろう。恋愛に現《うつつ》を抜かす暇があるとは思えないぞ」

「……じゃあ、やっぱり、あたしが響と別れるって言っちゃったのは、急ぎすぎだったたってことになっちゃう……？」

「ああ」

「う、ううう……そ、そんなぁ……」

頭を抱えた奏がスンと鼻を一度、啜《すす》り上げた。目も若干潤んでいて、今にも泣き出してしまいそうな顔になっている。

そんな妹の姿を見て、俺は深々とため息をついた。奏の取った強硬手段は、恐ろしいほど裏目に出た。何もプラスにはならず、面倒事だけが湯水のように湧いて来る結果に終わったのだから――

頭を抱え、塞ぎ込んでいた奏が復活するまでに、十数秒ほどの時間が掛かった。おもむろに顔を上げた奏はおずおずと、歯切れの悪い口調で、

「じゃ、じゃあ、とりあえず……もう一回、やり直して、みる……？」

と、切り出したのだった。

――やり直す。

今、その言葉が意味することは、たった一つしかなくて。

「やっぱり別れるのはやめますって言ったら、とりあえず響の周りは落ち着くよね？」

「…………更に滅茶苦茶《めちゃくちゃ》なことを言わないでくれ」

「そ、そんなにダメ？」

「ダメだ」俺は首を横に振った。「だって、奏は俺に告白して来た女の子達《たち》に、散々念押しされたんだろう？　『本当にちゃんと別れたんですよね？』って」

「う……」

「今更、このタイミングで『やっぱり別れるのをやめます』と言ったりしたら、お前はきっと皆からの信用を失うぞ。少なくとも今は厳しい」

大体、やっぱり別れるのをやめた――とだけは言われたくないからこそ、彼女達はまる

で入国審査を受けるかのように奏に許可を取りに来たのだろう。

そんな彼女達に、奏は「ちゃんと別れた」と答えてしまった。

その事実は取り消せない。

本人は今の感じを見るに、かなり適当に返事をしたのだろう。だが、一方で——俺に告白して来た子達は、皆、真剣だった。

本気だったのだ。

ここはまさに偽装カップルならではの脆《もろ》さが出たところだろう。奏は俺を異性として好きではなかったため、彼女達の気持ちを真の意味で汲《く》み取れなかった。彼女達が会いたいはずもない想《おも》い人《びと》の元カノに、わざわざ告白の許可を取りに来た理由を——リアルな意味で察することが出来なかったのだ。

「で、でも……別に知らない子達ばかりだったし……何を言われたって、あたしは気にしないよ」

奏が取り繕ったすまし顔で言った。俺は思わず眼を細めて、

「阿呆《あほう》。俺が気にする」

「響が？」

「ああ。表向きは元サヤに戻れたとしても、お前のことを悪く言う奴が増えるのは間違いない。それにお前は今はしれっとした顔で『気にしない』と言っているが、実際にヤバくなると間違いなく気にするタイプだ。断言してやる」

「そうかな。あたし、誹謗《ひぼう》中傷には慣れてる方だと思うけど」

「馬鹿。本来はそんなもの慣れない方がいいんだよ」

「だって芸能人だし、仕方なくない?」

「一般人だろうが、芸能人だろうが、人間は卑下されたら心が摩耗するものさ。そりゃあ、過度に外聞を取り繕ってまで誰からも批判されない人間になる必要はないが……俺としては、最低限の下手を踏まない程度には立ち回って欲しいとは思うな」

「で、でも許可を取りに来たって言っても、十人は超えてないし……」

「……それもまた違うとは思うがな」

　俺はうんざりした思いを嚙《か》み締めながら言う。

「噂《うわさ》は広がるし、声なき声という奴も馬鹿には出来ない。想いを告げるだけの勇気が出せたなら、そのまま告白出来るというほど、話は簡単ではないと思うしな」

「……どういうこと?」

「奏が言っていたように、これまで俺に告白して来た女子は、皆、外見に秀でた子だったし、クラスでも中心に位置するような子達ばかりだった。つまり――カ、ー、ス、ト、上、位、の、子、達、ば、か、り、だ、っ、た、わけさ」

　そして俺は言い放った。

「スクールカーストが低い子達の中にも、俺のことを好きな子はいるんだろうが……決して告白しては来ないんだ。理由はおそらく簡単で、同時に非常に厄介だ。カ、ー、ス、ト、が、低い自分達は告白する権利がないと思い込んでしまっている可能性が高い」

「……あー」

奏も腑《ふ》に落ちたようで、顔を顰《しか》め、スッと空を見上げた。

陽光は燦々《さんさん》と降り注ぎ、辺り一面が輝いて見えた。だが、天を見上げ、目を細める奏の表情はパッとしない。きっと俺もそうだ。

これは、この空の青さのように、スカッとする話では決してないのだ。

「(これだから、スクールカーストという奴は……)」

言うなれば「告白特権」とでも名付けようか。

特にこれは女子の世界ならではの論理だと思うのだが、告白は「する側」と「される側」だけの話に収まらないモノだ。

——何故か「告白に許可を出す側」という謎の第三勢力が出現しがちなのである。

月村響《つきむらひびき》は、この市立八王子高校においてカーストの最上位にいると認識されている男子のようだ。

そんな人物がフリーになったからといって、それこそ図書館に新しく入ったベストセラー本に数百の予約が殺到するかのように、早い者勝ちで借りられる《告白出来る》——というほど、この世界は単純に出来ていない。

彼女達は、奏に許しを得ないと、俺に告白すら出来ないと感じていた。

俺がカースト最上位に位置する男子だからだ。

どうせ奏《かなで》は二つ返事で「別にいいよ」と答えたのだろうし、俺だって奏に許可を出して貰う必要は全くないと思う。

だが、それは――彼女達の論理では、許されないのだ。

許される者は、ごく僅か。

おそらく奏に許可を求めに来た子達は、既に特権者だったのだ。

彼女達はスクールカーストにおいて十分な地位にあり、周りから階級の高い人間だと認識されていた。

だからこそ、月村響に告白する権利を得た。

そうして――彼女達は周りの人間に応援され、祝福され、俺の前にやって来たというわけだ。

だが、そうでない子も存在するはず。

勝手な想像ではあるが、どれだけ俺に告白したくても周りの目が気になって、絶対に告白なんて出来ないと考えている子も、いるのかもしれない。

即座に奏が俺とヨリを戻すということは、間違いなく彼女達の反感を買うだろう。

女子が叩《たた》くのは、女子だ。

俺は、奏を嫌う人間が増えてしまう選択を極力取りたくない。

「……はぁ」

結局、奏との話し合いでは問題は解決しなかった。

奏は卓袱台《ちゃぶだい》を引っ繰り返し、もう一度、俺との恋人関係を宣言することで、この騒動と面倒事に収拾を付けようとしていたようだが、その理屈は通らないことが判明してしまったのだ。

復縁自体は絶対に無理というわけではない、とは思う。

だが、少なくとも今すぐに、というのは難しい。だから、俺と奏は迫り来る問題に真摯に向き合っていくしかないのだ。

――俺と奏が兄妹であるという秘密だけは、絶対に隠し通すというミッションを課した上で、だ。

「で、響さんよぉ。実際のところは、どーなってんだ？」

「そうそう。私達も気になって、仕方ないんだから！」

「いい加減、秘密を話して貰いたいよね」

そして、当然ながら俺達の突然の破局に、誰よりも詳細な説明を求めている連中とも、しっかり向き合わなければならなかった。

藤代亮介《ふじしろりょうすけ》。千代田静玖《ちよだしずく》。薬師寺《やくしじ》ココ。

普段、俺達と共に行動をする友人であり、二年二組のスクールカーストにおいて最上位に位置する三人だった。

　時間は、俺が一年生の子に告白された日の放課後。撮影のため足早に帰宅した奏を三人は悠然と見送り、これぞ好機と見て、説明を求めるべく、俺を誘い出した形だった。

「ついに来たか」

「ついに、じゃないよ！　いきなり、二人が別れるとか知らされた私達の身にもなってってば！　普通、誰かしらに相談するものでしょ！」

　真っ先に俺に食ってかかったのは静玖だった。

「俺に言われても困るぞ。こっちはフラれた側だ。大体、俺一人だけ呼び出すでいいのか？　奏にも話を聞いた方がいいと思うが」

「だって聞いても奏は何も話してくれないもん。なんか露骨に秘密があるっぽくて、それを思わず話しちゃうのが怖い、のかな。そんな感じはあるけど」

「でも、何が一番困るって、二人が別れちゃったせいで色々なグループが機能不全起こしてることだよね。一言で言うなら……亮介！　言ってやりなさいっ！」

「おう、任せろ！　いいかぁ、響！　今のお前と牧田《まきた》はだなぁ——」

　そして、すぐさま静玖と唐突な連携を見せたのが亮介だ。

　亮介は俺の顔を真っ正面から見据え、ここぞとばかりに人差し指を突き付けると、

「——めっちゃくちゃ、絡みにくいんだよぉッ！」

　高らかに言い放ったのだった。

「……なるほど」

「なるほどじゃねーっつの！　あれから何日経《た》った？　土日が一回あったから、経過日数は具体的にはわかんねぇけど、まぁ学校に来たのは三日ってとこか。その間、オレらは相当割を食ったと思うし、色々な計画もぶち壊れちまったんだぜ！」

「あー、分かるかも。メッセージアプリのグループも二人が一緒にいる奴《やつ》は大体止まっちゃってるでしょ。まともに動いてるのって、クラスの奴ぐらいじゃない？　それにしたって、なんか未《いま》だに前のノリが戻って来ないっていうか、凄《すご》くぎこちないけど」

勢いよく話す亮介に、静玖も不満を重ねてくる。

だがどうも、抜群のコンビネーションを見せた二人だが、それぞれ今の状況に感じていることは多少異なるようで——

「それに何より、私が一番不満なのは、響の周りがとんでもなく面白いことになってるのに、そのことを響と表立って話せないことだよね……！」

静玖が瞳をキラキラと輝かせながら言った。

「私、こんな短期間で、あんなたくさんの女の子から告白される男子とかリアルじゃ初めて見るわけ。しかも、みんな、響をさっきみたいに人目に付かないところに呼んで、告白するんじゃなくて、めっちゃ人前でやるじゃん？　だよね、響？」

俺はそのテンションの高さに若干引き気味になりながら、

「あ、ああ……まぁ、あえて言うなら、彼女達からは大衆を味方につけて戦おうという気概を感じなくもなかったな。行き当たりばったりの告白は、まだ一つもされていない」

「あ、やっぱり分かってた！　さすがリアル・バチェ○ー！」

「……あのなぁ。バチェ○ーにとって特に大事な、お金と仕事と地位を持ってない学生にそれを言うか？」

「大丈夫。響なら多分、将来めっちゃ稼ぐだろうしー」

へらへら笑いながら、静玖が非常に適当なことを言った。

その横ではココと亮介が『ねえ、リョウスケくん。バチェ○ーってなに？』『薬師寺は知らねぇのか。アメリカ産のリアリティショーだよ。毎回超リッチな男が一人ホスト役でいて、そいつに気に入られるために二十人くらいの美女が最後の一人になるまで潰し合うのさ』『ふーん。バトロワ系の番組ってことかぁ』などと、これまた微妙にズレた会話を展開していた。

一方で静玖は俺の告白話を続けることに、依然として前のめりで、

「本当はさ。響への告白について、私はめっちゃ語りたいんだよ。響ってば告白を断ってるはずなのに、むしろ更に好きになられてるでしょ？　今日の一年の子とか、絶対に卒業まで響一筋だよ。一年の男子はきっと自分達《たち》のマドンナを奪われて悲しんでると思う」

「そ、そうか？　いや、さすがにそこまでは──」

「いいや、断言してもいいね！　第一声で『先輩に可愛《かわい》いって言って貰《もら》えた！』って喜びながら泣くような女は、フラれたことで更に恋の炎が燃え上がっちゃうモノなのだよ！」

「……なるほど。勉強させてもらおう」

俺としては「何を馬鹿なことを」と笑い飛ばしたかったが、静玖の台詞《せりふ》には謎の説得力があった。伊達《だて》にドラマと映画と同じくらい恋愛リアリティショーが大好きなわけではないのだろう。

「でしょー。だから、さ——」

あっけらかんとした様子で静玖がこちらの顔を覗《のぞ》き込んだ。

「私としては、こんな風に響と今までと変わらず話せるかな、っていうのがすごく気になってるんだよね。響と奏がガチで拗《こじ》れてたとしたら、ちょっとねー……。私、それだと奏サイドに付くことになるから、すこーし悲しいことになっちゃうんだけど……その辺りのとこ、どうなってるのかなぁ？」

——口調こそおちゃらけているが、静玖の目は笑っていなかった。

きっと彼女が一番俺に訊《き》きたかったのは告白劇についての話などではなくて、このことだったのだろう。

静玖と俺は友達だ。だが、それ以上に彼女は——奏の友達なのである。

いざとなったら、静玖は俺ではなくて奏を優先する。静玖は今、それをわざわざ俺に宣言してくれたわけだ。

これが静玖の本当に凄いところだ。普通はこんなことを口にしない。そこまで踏み込むことは出来ない。けれど、静玖は真っ正面から俺と向き合ってくれる。

だから言う。

包み隠さず本音をしっかりと叩きつけてくれる。

俺は静玖のこういうところが大好きだった。

「……説明が遅れてすまなかった。心配を掛けてしまったようだな」

当然、俺も誠意を込めて回答せねば。俺はゴホンと小さく咳払《せきばら》いをしたのち、

「ただ、俺達は別れたとはいえ、全く拗れてはいないという認識だ。更に言うと険悪にもなってないし、仲が悪くなったとか、そういうことも実はない」

「ほぉー?」

「マジかよ。じゃあ、それこそなんで別れたんだ?」

亮介が尋ねた。俺は小さく頷《うなず》いて、

「それは黙秘権を行使する。男と女には、お互いを嫌いになってなくても、別れなくちゃならない瞬間が来ることがあるんだ」

「ンだよ、それ。全然ピンと来ねー」

「そう? ドラマだと結構あるけどね。多いのは遠距離系とか夢追い系とか。例えば、どっちかが夢を叶《かな》えるために留学するから別れようとか、どうしても進学とか転勤で遠距離恋愛にならざるを得なくて、お互いの未来のために別れようとか」

静玖が具体的な作品名が思い浮かびそうな例を挙げた。

別れて終わるラブストーリーでは、最終話の一話前ぐらいに突如として二人に別離の危

機が訪れるのが相場と決まっている。

ただ、俺と奏の場合は、困ったことにそういう素敵な別れ方では全くない。

――ただし、お互いを嫌いになっていないというのは、本当だ。

静玖も俺が嘘《うそ》を吐《つ》いていないかどうかについて注視しているようだった。

実際、恋人同士の事情について部外者に全てをつまびらかにする理由はない。大事なのは、本当に俺と奏の関係が拗れていないことを、静玖に理解してもらうこと――

「…………なるほどねぇ。二人も、そっち系なんだ。ふーん」

静玖が嚙《か》み締めるように、言葉を漏らした。

「少なくとも響《ひびき》と奏が嫌い合ってないのが分かって私はホッとしたよ、うん」

「俺も皆に説明するのが遅れたことは悪いと思っている。奏にも周りの空気を悪くしないよう、何とかしてくれと伝えておくよ」

「おー。響、ちゃんと奏と一対一で連絡取れるんだね？」

「ああ。今も毎日何かしら、やり取りはしている」

「ほほう。それはいいですなー」

むしろ、実際の関係性は何も変わっていないため、リアルよりも電話やメッセージの方が密に連絡が取れると思っているくらいだ。

だが、俺の言葉は、静玖の中に巣くっていた疑念を十分に晴らす効果があったようだ。

静玖の表情に差していた僅かな曇りがパッと一瞬で取り払われる。なんとか、こちらの言葉を信じてもらうことが出来たようだ。

　となると、あとは――

「亮介は、どうだ？　他に気になっていることはあるか？」

「んー」

　亮介が低い声を漏らし、わずかに天を仰ぎ見る。

　数秒後、吐き出すように、亮介は言った。

「………やっぱり、メッセージアプリのグループのことかねぇ」

「ふむ。随分とグループの話に拘《こだわ》るんだな。お前がそこまで、あそこでの繋《つな》がりを重視していたとは少し意外だぞ」

「そ、そうか？」

「まぁな。普通に使っていたというか、お前は奏《かなで》もいる男女混合のグループよりも、男しかいないグループで発言することの方が多い印象があるからな」

「ど、どうだろうな。俺は男女平等主義者だと思うが……」

「……？」

　やはり亮介の態度が、少しおかしい気がする。

　亮介はリアルでの繋がりを大事にするタイプだし、そもそも学校生活の重きをクラスよりも部活に置いているタイプの人間だ。クラスの人間で構成されたメッセージグループよりも、むしろ普段一緒にゲームをやる部活の連中との絡みが多い印象がある。

となると、何か裏があるのだろうか。

亮介《りょうすけ》がそこまで、奏がいるグループに拘る理由……ふむ。

ああ、もしかして――

「あー……いや、わかった。ええと、とにかくお前らの事情には納得したぜ。響と牧田は、とにかく自分達以外に話せないようなスゲェ事情があって別れた。喧嘩《けんか》はしてねぇ。ポジティブな方向で恋人関係を解消しただけ――こう思っていいんだよな」

しかし、アプリの話題はここで幕引きとなった。

亮介自身も引き時は心得ていたらしい。亮介が綺麗《きれい》に先ほどまでの話をまとめてくれたこともあり、俺は大きく頷いて、

「ああ。そう捉えてもらって構わない」

「じゃあ、クラスでも普通に絡んでいいのか？」

「ＯＫだ。まぁ、周りは過剰に反応するかもしれないがな。メッセージアプリのグループについても、問題は把握している。これは後日、改めて俺の方から皆が話しやすい雰囲気作りをさせてもらう」

「おお、助かるわ。それなら案外何とか――」

そのときだった。これまでずっと静観し続けていた、もう一人の人物が、不意に話に加わって来たのは。

「――ねえ、ヒビキくん。ワタシ、一つだけ気になることがあるんだけど……いい？」

ココだった。

彼女は俺達のグループの中でも、極めて特殊な存在だ。

今更の話ではあるが――ココは、恐ろしいほどに顔が良い。本当に、誰よりも、どんな女の子よりもルックスに秀でた、衝撃的な美少女なのである。その突出具合は、ここにいる静玖《しずく》、そして奏ですら、ココに対して全面敗北を宣言するほどだ。

俺ですら本当に失礼ではあるとは理解しながら、ココの方が単純な容姿は上だと、どうしても思ってしまうことがある。

理屈や倫理を押し曲げる、絶対的な可憐《かれん》さ――それこそが薬師寺《やくしじ》ココという女の子の最大の特徴だった。

「構わないぞ。なにが聞きたいんだ？」俺は尋ねる。

「うん。そんな大したことでもないんだけど――」

ココが言った。「響くん、いっぱい告白されたよね。他の人に好きって言われるのってさ――どういう気分になるの？　あと……告白されるのにコツとかあるの？」

「……ふむ」

俺は小さく頷き、思わず苦笑した。

「思っていたよりも難しい質問が来たな」

「あれ、そうかな？」

「ああ。まず一つ目……好きと言われる気分か。ただ、当たり前の話だが、告白される相手によって感じることは違うから、なんとも言えないんだ。例えば、今日の昼に告白してくれた子とは面識がなかったが、その前に告白してくれた子は普通の知り合いだった。去年同じクラスだった子とか、廊下で擦れ違ったときに、そこそこ会話をしていた子とか……だから一概には言えない、というのが俺の答えになる。交流がある相手の好意を断る方が、心に来るのは確かだがな。そして二つ目だが――ふむ」

言い掛けて、思わず俺は微笑《ほほえ》んでしまった。

なるほど。こっちは――ココなりのジョークというわけか。

「すまない。告白されるのに、コツがあるかなんて俺にはわからないよ。大体……それは俺よりもココの方が詳しいんじゃないか。なぁ？」

言いながら俺は静玖と亮介の方を見た。

二人もすぐさま頷いて、

「だよねぇ。確かに響はフリーになった瞬間、他の女子達がガッて凄《すご》い勢いで凸して来たから、なにかあるかもしれないけど……それでも、ココと比べたら、ね？」

「おう、オレもそう思うぜ。おそらく響は女子にモテるオーラって奴《やつ》を会得してるんだろうが、そんなのは草野球レベルっつーかさ。メジャーリーガーのココとは比較にはなんねーって」

などと、俺のフリに完全に応えてくれた。

――俺達の中にある普遍的な真理に「薬師寺ココ、美しさにおいて最強説」というモノがある。

ココの最強っぷりは、単に顔が可愛《かわい》いという点だけではない。

確かにココは小柄であるため、部分的にはファッションモデル系の奏とグラビアアイドル系の静玖に及ばない箇所はいくつもある。

奏はココより背が高くてスタイルが良いし、静玖はココよりも圧倒的に胸が大きい。

しかし、薬師寺ココという存在と自身を比較したとき、二人はそのことで優越感を一切覚えなかったと言っていた。

自分の方がスタイルが良かったり、胸が大きかったりしても、そんなことは関係ない。

それでもココの方が上なのだ、と。

理屈や数字を超えて、ココの完璧過ぎる容姿は、美の暴力で俺達《たち》をブン殴って来る。この圧倒的な「力」には、やはり平服するしかない。

――当然、告白された経験なんて、ココは誰よりも多いはずなのだ。

「うーん。そういうことじゃないんだけどなぁ」

だが、ココの反応はあまり芳しくなかった。

ココは口元をわずかに歪《ゆが》め、目を細めた。

「でも、みんながそう思うのも仕方ないか。ワタシ、こんな顔だもんなぁ」

淡々とココが言う。

時刻はもうすぐ十六時になりそうな頃合いだが、七月ということもあって陽《ひ》はまだ大分高かった。黄金色に輝く太陽の光を受けて、ココの色素の薄い髪がキラキラと輝いて見えた。その表情は、決して冗談を言っているようには見えなかった。

「ごめんね、ヒビキくん。変なこと言っちゃって。シズクちゃんとリョウスケくんも、いつもみたいにワタシを弄《いじ》ってくれて嬉《うれ》しかったよ。でも――実は、ワタシ、他の人に告白されたことって一度もないいんだよね」

ココがぽつりと言った。

「な……」

俺達は顔を見合わせた。

――ココが、誰からも告白されたことがないだって。

本当に、そんなことが有り得るのか？

「だから、ヒビキくんが告白ラッシュされたことがちょっと気になっちゃったんだ。ごめんね、みんなの期待を裏切っちゃって！」

けれど、もう次の瞬間、ココの表情はいつも通りに戻っていた。

愛くるしく、なのに親しみ易《やす》さというよりは神聖さを備えた衝撃的な美少女。高嶺《たかね》の花ですらなく、まるで神々の住まう山嶺《さんれい》に咲く神秘の花のような――

手に取ってみようとは夢にも思えない、そんな、聖域のような存在。

それが薬師寺ココだった。

「もう……本当に、不思議だよねぇ。あれだけみんな可愛い可愛いって言ってくれるのに、誰もワタシには告白して来ないって言うね。正直、自信なくなるよー」

嘯《うそぶ》くようにココがかすかに笑った。

それはいつもと変わらない笑みに見えた。

けれど、どうしてだろう。

彼女の小さな肩が、普段と比べて、よりいっそう小さく見えたのは。

俺は、まだ知らない。このときココが見せた意外な悩みが、この後、俺達を大きく動かすことになることを。

三章　オープンスクール実行委員

桐谷羽鳥

今年《2019年》一番のニュースは何かと聞かれたら、多分、元号が平成から令和になったことだと思う。

その後、すぐ頭に浮かぶのは、元号が変わってすぐにそのまま元号をタイトルにした新曲を出したヴィジュアル系バンドの曲で、それは何だか全体的に煌《きら》びやかで、おめでたいイメージがとても強かった。

それに来年には東京オリンピックが控えている。これもおめでたいことだ。

要するに今のところ、令和とは、全体的にハッピーで未来への希望に溢《あふ》れた道を歩んでいるように思う。

けれど、これらはハッキリ言って、わたしの生活からは程遠いニュースでもある。

実際に元号が変わったことを意識するのは模試の右上辺りに「令和元年」という文字が入っているのを見るときぐらいしかない。

それにわたしはスポーツが嫌いなので、オリンピックで見たい競技も特にないし、どうせ中継もほとんど見ないことが確定している。だから、結局、最も身近なビッグニュースは──ハチコーのベストカップルと謳《うた》われた月村《つきむら》さんと牧田《まきた》さんが別れてしまったことになるのだと思う。

あの日以来、二年二組の教室は何だかずっとザワついている。

月村さんと牧田さんは教室の中でほとんど会話を交わさなくなった。一緒に学校に来ることもないし、二人が揃《そろ》って所属しているメッセージグループは、微妙に空気が重くなって、露骨に書き込みが減ってしまった。

みんなは、二人が喧嘩したのかなって思っている。

今、うちのクラスには二つの感情が蠢《うごめ》いている。

一つは哀《かな》しみ。

みんな、月村さんと牧田さんはずっと恋人関係であり続けると思っていた。

だって二人は本当にお似合いだったからだ。

でも、本当にあっという間に、二人の関係は終わってしまった。だから、みんなそのことに、なんだかガッカリしてしまっていた。

これが男と女って奴で、つまりはどんなに栄えたものも、いつかは滅んでしまうことを示しているような気がした。永遠なんてものはなくて、いわゆる「ものの哀れ」って奴なのかなって、現実を叩《たた》きつけられてしまったわけなのだ。

でも──わたしだけは、知っている。

別に二人は喧嘩なんかしてないし、仲が悪くなったわけでもない。

ない。

西野夢瑠《にしのゆめる》。

写真でしか顔を見たことがない謎の美女の存在が、きっと全ての鍵を握っているに違いない。

詳しい話を牧田さんから聞けたわけではない。

現在、わたしは牧田さん、千代田《ちよだ》さん、それからココちゃんを合わせた四人で「響《ひびき》には内緒」という名前のトークグループに所属している。これは現在、わたしに指令として課せられている「美しくなること」をテーマに、それぞれが日々の努力の成果を発表し合ったり、一人だけ美容に関するケアを何もしてないのに結局誰よりも一番可愛いココちゃんをみんなでイジったりする素敵なグループだ。

幸い、このグループは月村さん達が別れたあとも、しっかり継続して稼働している。

けれど……それまではかなり頻繁に出ていた月村さんの話題が、ぱたりと途絶えてしまったのだ。

千代田さんもココちゃんも、そして当然牧田さんも月村さんに触れようとしない。まるで「名前を呼んではいけないあの人」みたいな扱いだ。

少なくとも、これはあまり良い状況ではないと思う。どうしても楽しさが薄れてしまう。なんだか悲しい気分になってしまう。

そして、これはうちのクラスを取り巻いている、もう一つの感情にも言えることだった。

今、二年二組の生徒の多くは、現実の儚《はかな》さが生み出した哀しみに打ち拉《ひし》がれている。

言うなれば、それは青色。哀しみの色。

けれど、わたし達の心には——具体的に言うと、わたしを含めた女生徒の心には、もう一つの強い感情が生まれていた。

それが「熱狂」という感情だ。

昴《たか》ぶり。つまりは、情熱の赤色。

月村さんは、フリーになった。恋人がいない。それはある意味で——誰であろうと月村さんの次の恋人になるチャンスがあるとも言えるのだから。

「（世はまさに戦乱の時代ですね……）」

事実、月村さんを巡る戦場は、二年二組という小さな領域を飛び越え、もはやハチコー中に拡大しつつあった。

完全無欠の「超人」である月村響の隣を、がっちりと固めていた牧田さんが身を引いたことによって、多くの女生徒が色めき立った。

——そして「刀」を手に取った。

まだ二人が別れてから数日しか経《た》っていないにも拘《かか》わらず、既に毎日のように月村さんに告白する女生徒が出現し始めている。

しかも、こっそりと体育館裏に呼び出すなどではなく——ハッキリと人目に付くところで彼女達は月村さんに愛の言葉を囁《ささや》くのである！

「（しかも、露骨にみんな本気なのがまた……）」

わたしはアレが「威嚇」であり「牽制《けんせい》」だということを本能的に察知している。

きっと、他の女の子達もみんな。

もし、この後、他の誰の目にも付かないところで月村さんに告白する女生徒が現れて、それがバレた場合……きっとその子は相当なバッシングを受けるだろう。

自らの姿を晒《さら》し、告白を周囲にアピールすることが、月村さんに告白するための前提条件になりつつあった。

月村さんに想《おも》いを告げるための扉は、自由に開かれてなんていない。一握り程度の勇気では、足りないのである。

もっと覚悟がいる。

それが月村響という太陽に手を伸ばすために必要な対価なのだ。

だから、月村さんに告白できたのは、イケてる女子達だけなのだと思う。臆病な子達はどれだけ大きな恋心を月村さんに抱いていたとしても、その強大な対価を払うことが出来ない。監視の目だってある。陰キャの女子が月村さんに告白しようとしたら、おそらくどこからか湧いて来た「月村響警察」がその子をいびり倒すだろう。

わたしにだって、当然無理だ。

中には自爆覚悟で面識すらないのに突撃していく子も何名かいたようだが、そんな捨て身の行動に出られるのは、きっと失う物がないからだ。

――でも、わたしは幸福にも失う物が多すぎる！

今のわたしの立ち位置は、ハッキリ言ってかなり美味《おい》しい。

下手に好意を直接伝えたりして、月村さんにわたしの気持ちをハッキリと悟られてしまうのは非常によろしくない。

今の関係が壊れてしまうと考えるのは、とても怖い。

骨の髄から震えが伝って来て、止まらなくなりそうになる。

——だから、わたしは何もしない。

結局「答えは沈黙」だってことを、わたしはよく知っている。

だって今のままでも月村さんと頻繁にメッセージのやり取りが出来るし、二人きりで会うことだって出来る。実は来週、いつもの喫茶店で月村さんに期末テストの勉強を見て貰《もら》えることにもなったのだ。

本来、あそこはわたしが自分を変えるためのレッスンを受ける場所なのだが、あまりにわたしの成績が悪いことを月村さんが心配して下さって、急遽《きゅうきょ》内容を変更して苦手教科を重点的にチェックして貰えることになって——ああ、わたし、本当にバカでよかった！

「っ……!?」

そのとき、頬杖《ほおづえ》を突いて、ぼへーと幸せを噛《か》み締めていたわたしの口元から——不埒《ふらち》な涎《よだれ》が溢れ落ちた。

時刻は学校が終わる直前。六時限目までの授業が終了し、この後は週に一度だけ設けられた「ちょっと長い帰りのＬＨＲ」を残すだけになっていた。

長いとロングが被《かぶ》ってしまっているが、それは突っ込まないで欲しい。これは各種の話し合いなど、ちょっと重めの議題を消化するために使われる時間なのだ。

つまり、今はその話し合いが始まる前の待機時間だった。

授業も全て終わり、今日はもう予定はない。そんなこともあって、わたしはまるで炭酸抜きコーラのように、中身のガスが抜けた腑《ふ》抜《ぬ》け状態になっていたのだ。

瞬間――この事故は起きた。

「わ、わっ！」

大慌てで口元に手の甲を押し当てて、涎が落ちないようにガードする。

だが、なんということだろう。

そのせいで、机の上に置いていた消しゴムが床に落っこちてしまったのだった。

――ああ、マスクを着けてたら、涎なんて吸い込んでくれたのに。

なんと自堕落な想像だろうか、と思う。

本来ならば、教室の中で涎を垂らすなんて、そんなの月村さんに見られたら羞恥で死にたくなるくらいの失態なのに。

オイオイオイ、死ぬわアイツ、となるところだった。

わたしと月村さんは席がそこまで遠くない。

気を付けなくては。

わたしは小さくため息を漏らし、椅子を引いて身を屈《かが》めて、落ちた消しゴムに手を伸ばそうとしたのだが――

「桐谷《きりたに》さん。消しゴム、落ちてたよ」

するまでもなく、こてんと消しゴムはわたしの机の上に帰って来たのだった。

声。

しかも、これは男の子の――

「へっ!?」

ビックリしたわたしは顔をバッと上げた。そこにいたのは「クラスの男子」だった。確か左斜め前か、その一つ前だかに座っている男子である。

名前は……なんだっけ？

ヤバい。

クラスメイトなのに苗字《みようじ》すら分からない。斉藤《さいとう》……太田《おおた》……いや、武山《たけやま》だったっけ？

「あ、ありがとうございます……」

「別に。いいよ」

身体《からだ》が硬直しそうになるところ、何とかお礼の言葉を捻《ひね》り出した。

ビックリした。

まさか、他人がわたしの消しゴムを拾ってくれるなんて。

しかも男子が。

――こんなこと、生まれて初めてだ。

「そういえば、桐谷さん」

「ファッ!?」

衝撃の展開はまだ続く。

なんとその男子生徒（斉藤か太田か武山のどれか。斉藤が濃厚）は、消しゴムをわたしの机の上に置いて終わるのではなく、継続してこちらに話し掛けて来たのだから！

「マスク、外してるんだね」

「へ」

マスク。

ああ。まぁ、うん。

意外と……ご覧の通りのことを仰《おつしや》るものだ……。

「そ、そうですね。ちょっと、そんな気分になりまして」

「だよね。いきなりだったから、ちょっとびっくりしたかも」

「は、はぁ……」

「……」

そこで会話は途切れた。わたしが気のない返事をしたからなのか、言葉と言葉のキャッチボールは即座に終わってしまう。

彼はクッと唇を結び、踵《きびす》を返し、自分の席へと戻っていく。

そしてわたしは呆気《あつけ》に取られる。

「(な、なんだったんでしょう、今の……)」

彼の名前は未《いま》だに思い出せないが、これはつまり今まで席が近いクラスメイトの男子のことすらガチめに認識してすらいなかったからで、それぐらいわたしがこのクラスの輪における「はみ出し者」だったことの証明でもあった。

──わたしがマスクを取って学校に来るようになってから、数日が経った。

本当に驚いたのは、だからといってわたしの学校生活の何かが劇的に変わることはなかったということだ。

確かに飲食はそこそこ楽になったし、体育の授業でマスクを着けなくて良くなったのはわたしの炎天下での生存性を著しく向上させた。

でも、その程度だと思っていた。

秋乃《あきの》を始めとしたオタク友達ぐらいしかマスクについては話題に出さなかったのに。

まさかクラスメイトの男子がこれを話の種にしてわたしと会話を試みようとするなんて夢にも思わなかったのだ。

「(思っていたよりも、わたしって変わったように見えるのでしょうか……)」

所詮今のわたしは「いつもマスクを着けてる陰キャ」から「マスクを取った陰キャ」にクラスチェンジしただけだと思っていたのに。

変化なんて、わずかな一歩でしかないと思っていたのに。

つまり、まだまだわたしは発展途上で、それを導いてくれる月村《つきむら》さんの存在は絶対に不可欠ということに変わりはないはずだったのに――

「お待たせしました！」

　そのときだった。

　ガラララと大きな音を立てて、教室の扉が開いた。そこから入って来たのは――


　二年二組の女子学級委員を務めている木原《きはら》さんだった。

　彼女はクラスでも月村さんの次に模試で良い成績を残している才女だ。きっちり後ろで縛った黒髪に、やや度の強い青いフレームの眼鏡を掛けていて、背はかなり低い。

「小野寺《おのでら》先生。ＬＨＲを始めさせてもらっていいですか」

「ん、ああ。い、いいぞ」

　腕を組み、黒板側の窓際に置かれた丸椅子に腰を下ろしてＬＨＲが始まるのを待っていた担任の小野寺先生が曖昧に頷《うなず》いた。

　木原さんが言う。

「実は一個だけ、早急にメンバーを決めなくちゃいけない委員会があるんです」

「……委員会だって？」

　のろのろと椅子から立ち上がり、小野寺先生が首を傾《かし》げた。

「こんな時期に決めるのか」

「はい。いきなり生徒会から降りて来ました。『そういえば忘れるところだった』みたいなノリで。先生は聞いてませんか?」

「……あー。そういえば、なんか言ってたような……何の委員だ?」

ガシガシと髪の毛を掻《か》き毟《むし》りながら、先生は木原さんに近寄り、彼女が手に持ったプリントに首を傾けて目を通そうとする。それに気付いた木原さんは口元をわずかに強張《こわば》らせながら、ハッキリとした声色で言った。

「『オープンスクール実行委員』です」

「……えっ。あれ、まだ決まってなかったのか?」

「そうですよ。オープンスクールは八月なのに、ちょっとヤバめですよね。でも、言われてみると、去年も今ぐらいの時期になってから慌てて決めた気がしますけど」

そう言って木原さんは、とことこと教壇の後に移動し、わたし達《たち》の方をぐるりと見回した。

「そんなわけで……オープンスクール実行委員を決めないといけなくなりました! 男女一人ずつです! 今、委員会に所属していない人で、やってくれる人いませんかっ!」

「ねーねー、忍《しのぶ》。それじゃあ、さすがに説明足りなくなーい?」

「静玖《しずく》。それはあとでやるから。急《せ》かさないでよ」

と、真っ先に手を上げたのは、我が二年二組のムードメーカーである千代田《ちよだ》静玖さんだった。

　ただそれだけの動作で同性ですら注目せざるを得ない、抜群の巨乳が制服越しにばるんと揺れる。わたしはそれを見て「ヤベェ……」と思わず息を呑《の》んだ。ちなみに「忍」というのは木原さんの下の名前で、二人は同じ部活に所属している。たしか英会話部《ESS》だったはずだ。

「じゃあ、ちゃんと説明してから募集した方がいいよ。あれでしょ、オープンスクールって。オープンキャンパスの高校版。中学生に向けてやる奴《やつ》」

「はい、解説ありがとう。でも『高校版』っていうか『ショボい版』とかで良くない？」

「そんなショボいかなー？　私達の代で見た奴は、結構良かったよ？」

「知らないわよ。でも、そのときはきっと準備期間が長かったんでしょうねー……っていうか、静玖はこの委員やれないでしょ？　あなた、文化祭実行委員じゃない」

「えへっ」

「笑って誤魔化さない。今は黙ってて。そういうわけだから……みんな聞いて！」

　千代田さんがしなを作って、とってもキュートな「えへっ」を披露したのに、木原さんはそれをにこりともせずに封殺する。

　すると、千代田さんは何だかちょっと嬉《うれ》しそうにくすりと笑うと、

「みんな、ちゃんと聞いてあげてねー。今から忍が大事なこと言うからー♪」

　ぐるりと教室を見回し、皆に念押しをするのだった。

　――木原さんと千代田さんは結構、仲がいい。

木原さんは外見的にはすごく地味で、多分、クラス内のカーストはあまり高くない。勉強が出来るだけではあまり高い地位にいけないのがスクールカーストなのだ。

学級委員という役職も全く人気がない。

単純に仕事量が非常に多いからだ。だから大概の場合、全く決まらず、特に真面目な生徒に先生が頼み込んで決定する——というパターンになっていた。

この「真面目な生徒」というのが肝だ。

ハチコーの学級委員は、決して「クラスの中心人物」が就任するものではない。

うちのクラスで言うなら、男子の中心はどう考えても月村さんだし、女子の中心は牧田《まきた》さんだ。けれど、基本的に教師は二人のようなタイプの生徒に学級委員を頼まない。負担の多い仕事をカーストが高い生徒に回して、自分が煙たがられたら困るからだ。

実際に二人が学級委員になるのを嫌がるかは、わからない。でも拒否されたときのことを考えて、そもそも先生は声を掛けたりしないのである。

特にうちのクラスの担任である小野寺先生は、そういうイヤーな処世術を生徒の目から見ても駆使しすぎなので、月村さん達に頼むつもりは微塵《みじん》もなかったに違いない。

結果として、メインで学級委員を務めているのが木原さんだった（もちろん男子の学級委員もいるのだが、こっちの人よりも木原さんの方がより真面目なので、一人で出来る仕事の大半を木原さんがこなしてしまっている）。

だが、ここで問題が発生する。

小中学生の頃くらいまでは、学級委員であることは、すなわちクラスにおける「リーダーの証明」だった。頭も良くて、運動も出来て、発言力がある生徒がなるもので、学級委員はまさに生徒にとってのステータスだったわけだ。

でも、ハチコーでは違う。学級委員は……言葉が悪いが「小間使い」に近い。面倒なだけで内申書に大きな加点があるわけでもなく、やりがいがあるわけでもない。

ハズレの仕事。

だから、本来ならば……木原さんがこんな風に一生懸命、議題をみんなに伝えようとしても、真面目に取り合ってくれない人が複数いるはずなのだ。

うちのクラスにも、性格がとんでもなく悪い魔女や悪魔のように邪悪なギャル達が何人かいる。そういう人にとって「頑張ってる真面目な生徒」はイジって遊ぶターゲットでしかない。

——けれど、そんなことは千代田さんが許さない。

少し前までのわたしは、木原さんがみんなの前で学級委員としての仕事を始めたときだけ急に絡み始める千代田さんのことを、ただのお調子者な人だと思っていた。

けれど、違ったのだ。

千代田さんはああやって木原さんに即座に絡みに行くことで、自分が持っているクラス内の影響力を使い、木原さんを陰から支えていたのである。

最近になって話す機会を得て、誰よりもイメージが変わったのが千代田さんだった。

千代田さんは何もかもがふわふわしている人に見える。

けれど、内心はとても熱い。燃え尽きるほど、ヒートな人なのだ。

とても友達思いで、たとえ自分が何と思われても、友達に寄り添おうとする人……。

実際、ああやって千代田さんが睨《にら》みを利かせれば、性格の悪い女子達が秩序を乱すことはなくなる。

それ以上に効果的なのが男子に対してだろう。

古今東西、基本的に男子とは怠け者であり、そして月村さんのような例外を除けば妙に格好ばかり付けたがる業の深い生き物だ。一般的な男子の多くは学校行事に前のめりになることを「ダサい」と捉えがちだ。特に自分達が直接的に関係ないと思っているとき、彼らの非協力性の強さは目に余るほどである。

だが、ここで千代田さんが絡むことで話は一変する。

うちのクラスの男子の大半は千代田さんにチャームされていて、彼女の言うことは大体なんでも聞く。なんにでも前のめりになって、関心を寄せる。

——正しい意味でも、前のめりになってるかもしれないけどね!

「(おっとっと。これはよくないよ、羽鳥《はどり》。脳内だけだとしてもこんな下ネタ、お下品ですもの……おほほほ……ゴホン)」

すかさず、わたしは邪念を振り払った。腐れオタクの本性が公衆の場で顔を出すところだった。

さて、オープンスクール実行委員は男女一人ずつ必要だ。男子からも人員を出してもらわねば話が進まない。だからこそ、こうして千代田さんが全体に発破を掛けたことには大きな意味があった。

「ええと、それじゃあオープンスクール実行委員について、もう少し説明します。みんなも知っての通り、これは八月の下旬に行われる『中学三年生向けのオープンスクール』を運営するための委員です」

クラス中の視線を一身に浴びて、つらつらと木原さんが話を進め始めた。

「やることは……まぁさっきも言ったけど、大学が行う『オープンキャンパス』の高校版と考えてもらっていいかなと思います。活動期間は七月上旬……っていうか、来週から、八月の当日まで。だから期間は一ヶ月と少しぐらいになりますね。ちなみに三年生は受験があるので文化祭実行委員と同じく、この委員は二年生と一年生で担当してもらうことになっています。ただ、みんなも気付いている通り……この期間は中々困ったタイミングです。私達の受験は来年だけど、それでもすぐに期末テストだし、夏休みだし、部活もあるだろうし、大体の人は予備校で夏期講習を受けるか、もしくは学校主催の夏期ゼミを受講することになると思うし。オープンスクール実行委員の活動期間は、その期間と結構バッティングしちゃうみたいだから……」

——当然のように、教室がザワつき始める。

夏休みなのに学校に行く!?　期末テスト期間に委員会活動が入る可能性がある!?

そんなの、とんでもない厄介事でしかない……。

言われてみると、去年も今ぐらいの時期にこんな七面倒くさい委員の選出をやった気がする。当時は一年生で、初めての期末テストに忙殺されていて、なんとか委員にならずに済んだこともあって即座に忘却してしまったが……。

そうか、これだったのか……。

「えーと……なぁ、木原！　ちょっと質問いいか！」

「はい。藤代《ふじしろ》君、どうぞ」

と、ここで髪の毛を明るい色に染めた男子が手を上げた。わたしも、さすがにこの人の名前は知っているし、ちゃんと覚えている。

藤代亮介《りょうすけ》さん。

彼はダンス部に所属する我がクラスが誇る陽キャの代表的存在である。月村《つきむら》さんとも仲が良く、フツーのオタクであるわたしとは対極に位置するような人間だ。

だが、藤代さんとわたしには奇妙な縁がある。

——どうも藤代さんは、こんなわたしのことが好きらしいのだ。

「これってどれくらい委員会に拘束されるんだ？」藤代さんが訊《き》いた。

「えーと、待ってね。役割次第だとは思うんだけど……少なくともオープンスクール当日と、それから前日は学校で作業。それから七月中に会合が何回か、かな？」

「……少なくとも委員会がある日は夏休み中でも学校に来なきゃいけないってことか。それに部活がある奴でも、そっちを優先させなくちゃいけないと」

「うん。そうみたい」

「なるほどな。どこもそうだと思うけど、うちも大会が近くてさ。さすがにこの時期に委員会活動に顔出すのは厳しいぜ」

「なるほどね。まぁ、それはそうだよね。運動部は大会が直近でないところの方が少ないだろうし……いや、でも……うーん」

木原《きはら》さんが説明の書かれたプリントを何度も引っ繰り返し、藤代さんの質問に対する回答を探し始めた。数秒後、木原さんは神妙な面持ちで、

「運動部に対する特例とかは、特にないみたい」

「は……マジかよ!?」

「うん。例外は既に他の委員会に所属している人、ぐらいなのかな。うちのクラスだと二十人くらいは委員会未所属だと思うから、出来ればその中から男女一人ずつにお願いしたいんだけど……ええと、説明は以上です。誰かやってくれる人、いませんか?」

木原さんが教室を見回した。

——クラスのみんなは露骨に木原さんから視線を外し始める。

ちなみに、わたしは真っ直《ます》ぐに背筋を伸ばし、にやっと笑いながら前を向いている。

だってわたし、図書委員ですから!

大変残念なことに、オープンスクール実行委員にはなれないんだよなぁ!

ああ、別に本が好きなわけでもないけど、何となく図書委員になっておいて本当に良かった……！

「えーと、先生。どうしましょうか……」

皆の反応があまりに芳しくなく、困った顔で木原さんが小野寺《おのでら》先生の方を見た。先生はゲェッと、より一層、面倒臭そうな表情を浮かべて、

「いや、俺にどうって言われても困るんだが……」

「で、でも、このままだと決まりそうにないですし……」

「ま、まぁ、そりゃあそうだろ。オープンスクール実行委員は、少し前までは生徒会がやっていた仕事を切り離したものだしな。大したことをやるわけじゃないんだが、それなりに仕事が多くて大変で手が回らなくて、委員会化された過去があるというか……」

「「……」」

小野寺先生のネガティブトークのせいで、更に教室の空気が淀《よど》み始めていた。

立ち位置として「オープンスクール」は「文化祭」とそこそこ似ている気はする。

ただ、皆が楽しみにしていて、一丸となって素敵な催しを作り上げようとする文化祭と比べて、オープンスクールは相当に立場が悪いように見える。

多分、それは内容に大きな差があるからだろう。わたしは中三のときにハチコーのオープンスクールに参加していないため、何とも言えないが……今、小野寺先生が言ったように、大したことをやるイベントではないのだろうから。

独創性が低く、やり甲斐《がい》も特にない――そんな印象を受けた。

しかも忙しくて、七月から八月という掛け持ちするにもハードな時期で……。

「(……控えめに言って、最悪では?)」

多分、今、わたしと同じことをクラス中の人間が思っているはずだ。こんな仕事を押しつけられるなんて、貧乏くじ以外の何ものでもないだろう。

――これは絶対にジャンケンでしか決まらない。

わたしは察した。そうでないとしたら、誰がこんな仕事をやりたがるというのか。もし、そんな人がいたら、きっとその人は相当なアホか暇人に決まっていて――

「先生。木原さん」

その時だった。

――スッと一人の男子が手を挙げた。

雑多なノイズにまみれていた教室内が、彼の穏やかな声によって、一瞬で静寂を取り戻す。

「俺で良ければ、男子の委員はやっても構いませんよ」

……もう下手なことを言うまでもないだろう。

手を挙げたのは、神だった。

違う。

月村さんだった。神々し過ぎて思わず間違えるところだった。

さすが月村さん……こんな面倒でしかない仕事を率先して引き受けるなんて——あなたはどこまで素晴らしい方なのですか？

わたしは感動していた。

推しの人間性の素晴らしさが、こんなにもわたしを幸せにしてくれる。

ああ、苦しい。

尊すぎて息が出来なくなりそう。ふへへ——

「……ッ!?」

などと、尊みを感じてわたしが尊死しそうになり掛けていた瞬間だった。

ゾワッ——と背筋に悪寒が走ったのは。

なんだろう、これは。

恐る恐る、わたしは周りを見回した。

「…………！」

空気が一変していた。つい先ほどまでの非難とやっかみに溢《あふ》れた二年二組の教室は、既にそこから消え失《う》せていたのだから。

スンと自然と鼻がなり、わたしは、ああ、と思う。

わたしは認識する。

そうだ、これは——戦場の匂いだ。

オープンスクール実行委員に立候補したことに、そこまで深い理由はなかった。

もちろん、オープンスクール実行委員として俺が活動したかったわけでもない。

仕事内容にやり甲斐が薄く、仕事量は多くて、スケジュールもタイト——控えめにいって、中々、最悪な委員会と言えるだろう。

ただ、俺が手を挙げたのには違う理由があった。

今、俺は学校中の女子達《たち》からの告白ラッシュに遭っている。告白されてしまったら、その全てに真摯に対応するつもりでいるが、おそらくOKを出すことはないし、その全てを断る羽目になるであろうことが正直憂鬱で堪《たま》らなかった。

——だからこそ、俺は忙しくなりたかったのだ。

多忙は、迫り来る彼女達から適度に距離を取る絶好の口実になる。

そしてもう一つの理由は、担任である小野寺がチラッと——俺の方を縋《すが》るような目で見ていたことだ。

あの視線に「どうにかしてくれ、月村……」という念が乗っていることを俺は経験で知っていたし、あと十数秒もすれば、小野寺は俺に話を振っていただろう。

本気で困ると、あの人は大体、俺に頼ってくるのだ。

「お、おお……月村が自主的にやってくれるなら俺としても助かるが……ほ、本当にいいのか？　結構、大変な仕事に思えるが……」

「いえ、大丈夫です。覚悟の上なので」

「だ、だが、俺は決して……決して、月村に強制しようとはしないぞ？　もう一度、確認させてくれ。本当に月村がやってくれるんだな？」

とはいえ、このような苦行をカースト上位にやらせることを小野寺が好まないのは俺も承知している。だから、何度もこちらの意志を確認しているというわけだ。

俺は苦笑しながら、頷《うなず》いた。

「ええ。そりゃあ、もちろん」

「そ、それなら良かった。あまり嫌がる奴《やつ》に、な。負担の大きい委員会活動を押しつけるようなことをしたくないからな……じゃあ、木原。男子の委員は月村でいこう」

「は、はい。わかりました。で、あとは女子なんですけど……」

「う、うーん。女子かぁ。そうだよなぁ」

弱り果てた様子で教室を見回す小野寺。だが――

「さすがに都合良く立候補者は出ないよなぁ。だとしたら、本当に申し訳ないんだが、ここはくじ引きかジャンケンで――って、えええっ!?」

次の瞬間、ぽっかりと口を大きく開け、驚愕《きようがく》の声を漏らすことになる。

――手がいくつも挙がっていたのだ。

つまり、挙手だ。

二年二組の女生徒は全部で十六人。

そのうち、数にすると三、四——いや、今、リアルタイムでまた一人増えた。いつの間にかそれなりの数の手が、ぽつり、ぽつり、と挙がっていた。

「(これは……！)」

当然、手を挙げたのは全員女子で、このタイミングで右手を挙げることがすなわち、オープンスクール実行委員に立候補することであると、誰もが理解しているはずだった。

なのに、いくつもの手が挙がっている。

——俺が男子のオープンスクール実行委員になると決まっただけで！

「(……参ったな)」

決して、俺の勘違いではないはずだ。

今も手を挙げている女子達からチラチラとこちらの様子を窺《うかが》うような視線を感じるし、まだ手を挙げていない女子も数名、右肩をぴくり、ぴくりと震わせ、勇気を振り絞る機会を探っているようだった。

「(俺がいるから、女子の委員に立候補してくれたということか……)」

複雑な感情がわき上がる。

喜ばしく思うところなのか、それとも女性が持つ底知れぬ行動力に感嘆すべきなのか。

しかも、その多くがクラスカースト的に上位でもなく下位でもない——時に「二軍」と称されることの多い立ち位置にいる子達ばかりだった。

確かに「告白」と比べて同じ委員会を希望することのハードルは低い。ポイントは最低限の「さりげなさ」を装えることだろう。うちのクラスの男子にも意中の相手と同じ委員会に入っている奴がいる。おそらく、あまり珍しいことではないはずだ。

告白はカーストが高い女子だけが持つ特権かもしれない。ただし、同じ委員会に立候補するくらいならば——多少は許される、ということか。

——とはいえ、ここまで露骨にやることが、現実的にどうなのかまでは俺には分からないけれど。

ちなみに、俺の席から見える場所にいる馴染《なじ》みの面々のリアクションはというと、ココだけは席が俺の後ろなので反応を窺うことが出来ないが、奏《かなで》は完全に他人事《ひとごと》なテンションで傍観モードに入っていて、ゴシップ好きな静玖《しずく》はこの挙手ラッシュに大ウケで「ヤバいヤバい！」と喜びまくっているし、桐谷《きりたに》は頭を抱えて机に突っ伏し、身体《からだ》をぷるぷると震わせている。

「お、驚いたな……いきなり立候補者がこんなに……」

一方で、小野寺は事態が急展開を迎えた理由に全く心当たりがないようだった。

この人は基本的に生徒間の噂《うわさ》や事件などに非常に疎い。

そもそも生徒に対する関心が極端に薄いタイプの教師なのだ。俺と奏が別れたことで色々と面倒なことになっているなど知る由もないだろう。

「えーと……お。なあ、豊本《とよもと》。お前、なんでいきなり立候補したんだ？」

「え……」

小野寺が最前列に座っていた女生徒に声を掛けた。豊本瞳《ひとみ》さん。バスケ部に所属している細身で口数の少ない女の子だ。

小野寺が豊本さんの机に手を置き、身を乗り出しながら尋ねる。

「バスケ部はもう大会期間に入ってるだろう。委員会なんて入れるのか」

「それは、一応……あたし、レギュラーじゃないんで」

机に手が置かれたことに豊本さんが眉をひそめる。

豊本さんは肩口で短く切り揃《そろ》えた黒髪と、女子としてはかなり高い身長が印象的だ。おそらく彼女の身長はほぼ一七〇近くて、もちろんクラスの女子の中ではトップだ。が、その割には骨格がとても細いようで、実際、後ろの席から見ても、身長よりも豊本さんはずっと小さく見える。

それがバスケというリミテッドコンタクトのスポーツにおいては大きなマイナスとして作用する。パワーがないため当たりが弱く、ボールキープ力が低い。それもあってバスケ部ではレギュラーを取ることが出来ずにいるようだ。

「そうか、レギュラーじゃないなら……うん、スポーツ推薦も難しいしなぁ。他の活動にシフトする時期ってことか……ああ、わかったぞ。月村《つきむら》が立候補したからか。委員会活動で楽は出来るし、内申も一応稼げるからなぁ」

「……」

豊本さんが押し黙った。だが、このまま口を噤《つぐ》んでいても追及からは逃れられないと察したのか、少しだけ口を開くと、

「…………まぁ、大体合ってます」

「なるほど。じゃ、じゃあ他のみんなも同じような考えってことかぁ」

小野寺《おのでら》一人が納得した様子で深々と頷いた。

――先生の無神経かつ的外れな言葉に、教室内の空気がズシンと重くなる。

特に女子が発するオーラは極めて物騒で、もはや殺意めいていて、小さな声で「瞳、可哀想《かわいそう》……」「死ねよ、小野寺」などと露骨なディスが飛び交う始末だ。

とはいえ、そんな敵意に大体気付かないのが小野寺という教師だった。黒板の前に戻って来た小野寺は気怠《けだる》そうに木原《きはら》さんと向き合うと、

「じゃあ、木原。あとは適当にジャンケンとかで決めてくれ」

「わ、わかりました。えーと、それじゃあ、オープンスクール実行委員に本当に立候補する人は、手をしっかり伸ばしてください。今から私とジャンケンをして、最後まで勝ち残った人にやって貰《もら》うみたいな感じにしたいと思います。とりあえず、私が良いと言うまで手は上げっぱなしにしといてください！」

木原さんはわずかに背伸びした状態になると、右手を大きく伸ばして、ぐー、ぱー、ぐーと掌《てのひら》を開いて、閉じるを何度か繰り返した。

——こうして最終立候補者が決定されることになる。

一度は手を挙げていたのに結局、下ろしてしまった子もいる。逆に木原さんがジャンケンをすると言ってから、意を決して、おずおずと手を挙げた子もいた。

中には奏にひどく気を遣っている子もいた。

彼女はファッションモデルとしての奏の活動を日頃から応援してくれている子で、毎号『CORAL《コーラル》』を購読していることを俺に報告してくれて、内容についてもよく話したりする。

そうか、彼女も……。

彼女は先ほどからずっと奏の反応を窺っていたのだが、奏が結局すぐに携帯を弄《いじ》り始めたのを見て、それを『別にあたしは何も言わないよ』という意味だと捉えたようだ。

その子も、最終的に手を挙げた。

「ええと、六人、七人……これで全員かな？」

木原さんはきょろきょろとマメに教室内を見回し、曖昧な高さに手を上げている子などを見つけると「どうする？　やめる？　頑張ってみる？」などと、もはや完全に事情を察した立場でディレクションを行ってくれていた。

一分程が経過し、ようやく手の上げ下ろしが一段落付いた。

——誰が選ばれるのか。

静玖はさっきからずっとニヤニヤしっぱなしだし、桐谷は机に突っ伏したまま、ついに死体のようにピクリとも動かなくなってしまった。いや、時折チラッと目線を上げてはコトの成り行きを見守っているのか……。

奏は携帯を弄っていて、亮介《りようすけ》を含む男子達はこの状況を完全に面白がっていて、「やっぱ響《ひびき》はモテるよなぁ」「オレ達にもモテ力をわけてくれよ」などと茶化す始末だ。

俺は苦笑せざるを得なくなる。

さすがに俺は思う。

特定の誰かに好意を持っているという事実が、ここまで公にされることがあっていいのだろうか、と。

この対象になるのが芸能人である奏ならば、まだ分からなくもない。だが俺はあくまで一般人。ただの人間だし、ただの学生だ。そんな俺に対して、ここまで多くの女子が熱烈な好意を寄せている——その事実がもはや当然のように、周囲に共有されている。

本当に奇妙な状態だ。

これが現実であることを疑いたくなるような……。

「——あ、じゃあ、ワタシが八人目に立候補させてもらおうかな」

そのときだった。

教室の最後列から、鈴が鳴るような声が響いたのは。

『!?』

瞬間、誇張なしに誰もが振り返った。

声だけで、その台詞《せりふ》の主が誰なのかはわかったのだ。だが、自然と身体が動いていた。真偽を確かめずにはいられなかった。

当然、俺も含めて――

「キハラさん。ワタシもオープンスクール実行委員やってみたいです」

「えっ、えっ、えっ」

木原さんが身じろぎし、短い悲鳴のような声を漏らした。

「…………キハラさん？　だ、大丈夫？」

「っ――ご、ごめん。なんていうか、ちょっと、そのっ、本当に驚いちゃって、取り乱しちゃっただけだから……！」

「そ、そうなんだ。ええと……とにかく、ワタシも候補に加えてもらっていい？」

「う、うん……！」

声を掛けられた木原さんが、僅かにずり落ちた眼鏡の位置を大慌てで直し、深々と息を吸い込んだ。そして、挙動不審気味に教室を見回し――彼女の名前を口にした。

「じゃ、じゃあ、薬師寺ココさんを含めた八人で、女子のオープンスクール実行委員を決めたいと思いますっ……」

▲

△

▽

▼

──何を考えているんだ。

それはココが女子のオープンスクール実行委員に立候補したいと聞いたとき、俺が一番初めに思ったことだった。

「っ……」

ココはただ、いつものようにニコッと口元にかすかな笑みを浮かべ、黒板の方を見ているだけだった。

──シャンと真《ま》っ直《す》ぐ右手を伸ばし、挙手をした形で。

『お、おい。薬師寺《やくしじ》さんが……！』

『ま、ままま、まさか、ココちゃんまで月村のことが好きなのかよ⁉』

『いや、でもソレは何か違う気が……』

『き、きっと純粋にオープンスクール実行委員がやりたいだけなんじゃないかな……？』

『そっ、それだ！　その可能性が一番高いぜ！』

ココがオープンスクール実行委員に立候補するという急展開によって、俺を見て面白がるだけだった男子生徒達《たち》の間に、分かりやすいほどに動揺が走った。声を上擦らせ、額を汗で濡《ぬ》らしながら、男子達は口々にココがオープンスクール実行委員に立候補した理由を推理しようとする。

……正直、厳しめな推理だとは思うが。

俺の知る限りではうちのクラスの男子の好みは静玖派が断トツで、ココについては別枠というか、ある種の聖域的存在として扱うことが多かった。

それにココは今まで誰からも告白されたことがないと言っていた。

今思えば、それは案外ストンと腑《ふ》に落ちる事実だった。ココはあまりに飛び抜けた存在過ぎて、男からすると想《おも》いを告げたとしても、ではその後どうなるのか、というヴィジョンを描くことが出来ないのだろう。

だが、その話は一旦置いておくとして……何故《なぜ》、ココがオープンスクール実行委員をやりたがっているのかについて、明確な答えを導き出すことは出来なかった。

個人的な感覚で言うと、少なくとも「俺のことを好きだから」という理由は、一番ないような気がするのだが――

「えっ。ちょ、あ、あれ!?」

教壇の方で木原さんの素っ頓狂な声が響いた。

俺もつられて顔を上げ、前方へと向き直る。すると、つい数秒前までと比べて、教室の光景が少しだけ変わっていることに気付いたのだ。

――いつの間にか、挙手をしていたはずの女生徒が、ココ以外全員手を下ろしていた。

「み、みんな……手、下ろしていいの？」

呆気《あっけ》に取られた様子で木原さんが尋ねる。

だが、答えはない。

「ひ、瞳は？」

「……」

木原さんは一番近くにいたバスケ部の豊本《とよもと》さんに視線を寄せる。だが、豊本さんは口を噤み、何も言わない。つい先ほどまで、スッと伸びていた彼女の細い右腕が今となっては古い樹木のように、机にぴたりと根を張っていた。

「え、ええと……決め方はジャンケンだから平等っていうか、薬師寺さんが立候補したから敵《かな》わないとか、そういうことはないと思うんだけど……」

「「……」」

困り果てた様子で木原さんが言った。

だが、何も言葉は返って来ない。

誰も何も言わない。

なぜなら——

「（……彼女達が手を下ろした理由が違うからだ）」

木原さんの言っていることは正しい。ココは確かに衝撃的な美少女であるが、それはジャンケンの勝敗に直結しない。

だが、そういうことではない。

この手の話題に木原さんが鈍いこともあって気付いていないようだが、女子達が手を下ろしたのは——「薬師寺ココ」という人間がこのクラスにおける最上位カーストに位置する女生徒だからなのである。

そう、これはスクールカーストがもたらした問題なのだ。

クラスの議決とは平等なように見えて、実は全く平等ではない。結局、キャスティングボートを握っているのはカースト上位にいる生徒であり、大半の場合においてカーストが低い生徒の意見は蔑《ないがし》ろにされがちだ。

だが、今回は少し事情が違う。ハチコーに通う生徒の多くはスクールカーストに敏感だ。そして今回の女子オープンスクール実行委員に手を挙げた中に——カーストが高い生徒は一人も含まれていなかった。

だからこそ、薬師寺ココという最上位カーストに位置する生徒が立候補した瞬間、局面は大きな転換期を迎えたのだ。

彼女達は、こう考えたに違いない。

——薬師寺ココがやりたいなら、自分達は遠慮しなくては。

つまり、これは忖度なのである。

上の人間が何を考えているかが実は問題ではない。下の人間が勝手に融通を利かせてしまっている。まるで政治家と官僚が行う腹の探り合いのようなものが、何十歳も年齢の離れた学《まな》び舎《や》においても展開されようとしているわけだ。

まさに「歪《ゆが》み」以外の何ものでもない。本当に、くだらないことだと思う。俺は薬師寺ココという人間をそれなりに知っているつもりだし、彼女が自らのカーストを威光として用いる類《たぐ》いの人間ではないという確信がある。

おそらく、ココとしてもこの展開は予想外だったに違いない。何故、ココがオープンスクール実行委員になりたがっているかだけは不明だが、少なくとも正当にジャンケン勝負に挑むつもりだったはずだ。

この状況はココにとっても望ましくないものだろう。

だから、すぐさま俺は動くことにした。

「――みんな、ココに遠慮する必要はないぞ」

言いながら俺はさりげなく後方を向き、最後列の席に座るココの顔を見た。

――想像通り、ココは困り果てた表情を浮かべていた。

そりゃあそうだろう。自分が何気なく手を挙げただけで、他の女子全員が自主的に立候補を取り下げたのだから。

元々、ココは「あまりに顔が良すぎるため、自然と最上位カーストになってしまう」という外見型のカースト上位者だ。自らが持つ影響力を使って、意見を押し通すようなことは考えさえしないだろう。

この忖度は、全ての人間を不幸せにするだけのものでしかない。

だとすれば――一芝居打つしかない、か。

「実は……ココにはオープンスクール実行委員のなり手がいなかったとき、女子委員に立候補してくれないかと頼んであったんだ。さっきは格好を付けてしまった手前、言い出せなかったが……前々から、俺は狙っていたんだよ。この委員を」

口元に苦笑いを刻み、自嘲気味に俺は言った。

周囲からも小さなどよめきが起こる。

「マ、マジかよ、月村《つきむら》！」

「ああ」

近くに座っていた男子生徒の問い掛けに俺は頷《うなず》いた。こいつはココの大ファンであり、つい先ほどから死んだ魚のような虚《うつ》ろな目で俺をじっと見つめていたのだ。

『ココちゃんまでオマエが持って行くのか、月村……ひどい……』

そんな怨念がリアルに伝わって来ていた。だが一転して——その双眸《そうぼう》に希望の光が差し込んだのが如実に伝わって来た。

俺は周りの皆に聞こえるようにハッキリとした声量で続ける。

「まさか、オープンスクール実行委員にこんなに立候補者が出るとは思ってなかったんだ。というか、絶対に出ないとすら思っていた。約束していたことだからココも最終的に立候補してくれたようだが……ただ、ココも相当迷ったし、驚いたんじゃないか？」

「え……」

「あ……！」

ココが揺れる瞳で俺の方を見た。

が、すぐさま、俺の意図を察してくれたのだろう。ココは大きく頷いて、

「そ、そうだったね。ごめん、融通が利かなくて！」

「いいんだ。すまなかったな、ココ」

「ううん。そ、そうだよね。なり手がいなかったら……って話だったのに、状況に流されて立候補しちゃったワタシが悪いんだから……。本当は少し、オープンスクール実行委員もやってみたかったんだけど……仕方ないよね。ええと、ワタシはやっぱり辞めて――」

「いや、その必要はない」

「え？」

瞬間、ココが視線を落としたのを俺は見逃さなかった。

これはココが立候補を取り下げて、それで終わる問題ではない。なぜなら――あくまでココはオープンスクール実行委員を自分の意志で志望したからだ。

このままではココ一人だけが割を食う形になってしまう。つまり、これはカースト最上位者が忖度《そんたく》によって、逆に自らの行動を阻害されるというケースになり掛けている。

十分過ぎるほど、ソレも不健全じゃないか？

つまり、ここでの最善の落とし所は――

「なぁ木原《きはら》。委員は君とのジャンケンで決めるんだろう？」

俺は教壇の前で複雑そうな表情を浮かべていた木原を見やった。いきなり声を掛けられたことに木原は一瞬驚いたようだったが、すぐに首をコクコクと縦に何度も振った。

「え。あ、そ、そうです！」

「だよな。つまり一番相応《ふさわ》しい者を選出するための投票じゃない。結果はすべて運で決まるわけだ。それなら……別にココが辞退する必要もないんじゃないかと思うんだが……どうだろう？」

今、ココは俺の「演技」に気付き、空気を読んで立候補を辞退しようとした。

だが、俺はココに「君は空気を読んで辞退してくれ」と言いたいわけではない。単にスクールカーストの力によって、皆の選択に歪みが生じてしまっている現状を見過ごせないだけなのだ。

それはクラスメイトだけではなく、ココだって対象に入っている。

俺の影響力で、ココに自らの意志とは違う選択をさせようなんて、以《もっ》ての外《ほか》だ。

機会は均等でなくては。

たった一人の人間の顔色を窺《うかが》って、自分の意志を捩《ね》じ曲げるべきではない。

「………ねえ。これ、いつまでやるの？」

そのときだった。

無表情でずっと携帯を弄《いじ》っていた奏《かなで》が、俺の言葉に合わせるように口を開いた。

「あたし、この後、仕事あるんだけど。ココが辞退するかどうかなんて別にどうでもいいじゃん。グダグダ言ってないで、さっさと決めてくんない？　それに――」

そして、ピシャリと氷のように冷めた声で言った。

「確率、八分の一とかでしょ。しかも木原さんとのジャンケンで決めるんだから、ココ一人増えようが減ろうが結果なんて変わらないよ。一番運の良い子が、響と一緒にオープンスクール実行委員になる。それだけじゃないの。他の誰かに遠慮なんてする意味がわからないんだけど……あたし、なにか間違ってる？」

「「……」」

誰からも言葉は何も出なかった。

だが、しんとした空気が居心地の悪い重さとなって教室に充満しかけたとき――スッと一人の女子が、下ろしていた手を上げたのだ。

「……」

バスケ部の豊本さんだった。

彼女は視線を落とし、何も言わず、身じろぎもしない。だが弱々しく、それでも確実に少しずつ上げられた右手は、いつしかハッキリとした挙手の高度にまで達する。

ココが立候補したとき、一度は下ろされた手が、再度上がった――

俺はああ、と思う。

――言葉がなかったのではなく、言葉は要らなかったのだ、と。

『……！』

豊本さんの行動を皮切りにして、教室の空気が一変した。手を一旦下ろしていた女子達《たち》が、顔を見合わせ、そして――改めて挙手をしたのである。

上がった腕の数は七。

先ほどから、若干、手持ち無沙汰な状態ではあったが、手を上げっぱなしにしていたココを合わせて合計八人になった。

「（……奏の言葉が見事に効いたみたいだな）」

——他の誰かに遠慮なんてするな。

もはや、それは「欲しいのならば自分で勝ち取ってみせろ」と背中を押しているに等しい。これを言ったのが俺の元カノである牧田《まきた》奏なのだから、周囲に与えるインパクトは相当なモノだろう。

元々、ココが手を挙げる前に挙手していた七人は、それぞれ勇気を出して委員に立候補していた子ばかりだ。

奏の言葉を聞いて、感じ入る部分も多かったのだろう。

ただ、当の本人である奏がそこまで考えている可能性は極めてゼロに近い。奏がこんなことを言い出したのは本当に今日、撮影の仕事が入っていて、このままLHRが長引いて遅刻でもしようものなら、マネージャーの大嶺《おおみね》さんに滅茶苦茶《めちゃくちゃ》怒られるからなのだとは思うが……今はそういう裏の事情はどうでもいいだろう。

だが、奏のおかげで一気に話がスムーズになったのは事実。あのままでは他の皆にもう一度、手を上げて貰《もら》うには少なくない時間が掛かっていたはずだから。

よし。こうなったら、あとは——

「木原さん。そろそろ、いいんじゃないかな」

「はっ……」木原さんが大きく目を見開いた。「そ、そうですね！　じゃあ、あまり長引くのもアレなんで、パパッと決めちゃいましょう。それでは……いいですか、皆さん。最初はグー。ジャンケン――」

木原さんが右手を高く持ち上げ、グッと握った拳を突き出した。

同じように掲げられた拳の数は八。

その結果は……。

四章　会議の裏に巣くう思惑

オープンスクール実行委員の初会合は週明けの月曜日だった。

既に七月に入ってから数日が経過しており、気温も本格的な夏に向けて、少しずつ上昇しつつあった。

ただ、それでも典型的なイメージにあるような「夏」からは、まだまだ程遠い。

制服こそ夏服であるが、時折風が吹いたときに肌寒さを感じることもあるし、茹《ゆ》だるような日差しを目の当たりにする機会も少なかった。

委員会の集まりは、基本的に放課後に行われる。

部活がある生徒は夏の大会に向けての追い込みに水を差される形になるし、そもそもの話、再来週にはあらゆる学生にとって避けられぬイベントである期末テストが控えている。

七月は、誰もが多忙だ。

だというのに、この委員会は恐るべき始動の遅さをもって、八月に迫ったオープンスクールの準備に今から着手する気らしい。

本当に間に合うのか、と思わなくもないが——逆に言えば、これが慣例となっているのだから、今までも何とかなったという証拠だ。少なくとも準備が間に合わず、オープンスクールが開催出来なかったとは聞いた覚えがない。

その分、委員に求められる仕事が楽なのか。だが、木原さんの説明を聞く限りでは、生徒にもそれなりの負担があるように思えたが——

まあいい。

どちらにしろ、やってみれば分かる。

「さて……」

帰りのホームルームが終わったのを確認して、俺は立ち上がった。会合が始まるまで七、八分というところか。早めに移動するに越したことはない。

俺は相方となる女子の席へと足を向け——彼女に声を掛けた。

「ココ」

「ん……」

——誰よりも可憐《かれん》な美少女がゆっくりと顔を上げる。

「あ、ヒビキくん」

「行こうか」

「うん。そうだね」

ハチコーが誇る最強の美少女、薬師寺《やくしじ》ココ。

いや、今回のケースだと、彼女は他の称号すらも勝ち取ったと言えるだろう。

——ココは運も抜群に良かったのだから。

木原さんとのジャンケンに最後まで勝ち残ったのは、ココだった。

あのときの光景はまだ俺の脳裏にしっかりと焼き付いている。一人、また一人とジャンケンに敗れ、着席していく中で最後列のココはずっと勝ち続けた。

最後まで争ったのは、奇《く》しくも最前列の席であるバスケ部の豊本《とよもと》さんだった。

あのとき、クラス中からココではなく豊本さんを応援する気配をヒシヒシと感じたものだった。

それは決してココが嫌われているからではない。ココのことが好きな男子ですら、俺とココがペアになるのがイヤだから——というのとは違う理由で、豊本さんの勝ちを願っていたように思えたくらいだ。

例えるなら、あまりに大差の付いたスポーツの試合を観《み》ているようだった。

ただジャンケンをしているだけなのに、そこには圧倒的戦力で弱小校の最後の夏を駆逐していくスポーツ強豪校のような残酷さが垣間見《かいまみ》えていた。

ココが他の女子達を薙《な》ぎ倒して勝ち上がる光景に、俺達は何故《なぜ》か痛ましい気持ちを覚えずにはいられなかった。

それはきっと、ココが女子として最強だからだ。

ココには誰も勝てない。それはきっと、あらゆる女子が認めてしまっている。

けれど、運だけは。

運だけは——平等なはず。

そんな望みを掛けてのジャンケンだったはずなのだ。

クラスのみんなは、そう思いたかったのかもしれない。判官贔屓《ほうがんびいき》という言葉があるように、人は劣勢に立たされた人間を応援してしまう傾向にある。

けれど、現実は厳しかった。

ココは最後に残った豊本さんにも勝利し（結局、前にいる木原《きはら》さんとジャンケンをしているだけなので、二人が直接争ったわけではないのだが）、オープンスクール実行委員となった。

教室の中には、ぱち、ぱち、と、まばらな拍手が起こり、ココはやっぱり少しだけ申し訳なさそうに頭を一度下げて、無言で着席した。

それが先週の出来事——

「……なぁ、ココ。本当にオープンスクール実行委員なんて、やって良かったのか？」

あのあと、俺と静玖《しずく》は顔を見合わせ、すぐにココの元へと向かった。

そもそも何故、彼女がオープンスクール実行委員に立候補したのか、その真意が気になって仕方なかったからだ。その理由とは——

「うん。ちょっとやってみたいかも、って思っちゃって。ワタシは部活もやってないし、頭だってそこまで良くはない。オタクなら夏はコミケだろって言うかもしれないけど、ワタシはサークル参加とはとことん無縁な無産オタクだし。この夏をあまり有意義に過ごせる自信がなかったんだ。だから、案外丁度いいかなって思って」

「やっぱりか……ココが本当に委員になりたかったなんて思わなかったよ」

「そうだね。だからこそ、みんなには申し訳なくて」

　ココが小さく笑った。

「実際は、ヒビキくんと一緒に、委員会のお仕事をしたいと思っている子が委員になるべきだったんだろうから」

「……ココ、人をからかうのはやめてくれないか？」

「ダメだよ。ワタシが立候補したら、他の子がみんな手を下ろしちゃって、本当にびっくりしたんだから。汗がいっぱい出て、生きた心地がしなかったって言うか。で——その大元の原因はヒビキくんなんだから、少しは責められてもいいと思うんだよね。どう？」

　ココが更に口元を緩める。

　クスクスというかすかな笑い声。静玖などはココをしばしばエルフに例えたがるが、同じく森に住まう幻想的な存在としては、今のココはまるで妖精のようだった。

　妖精は一筋縄ではいかない生物だ。

　何よりも美しく、可憐ではあるが、同時に洒落《しゃれ》にならないほどの遊び好きでもある。

　人間を惑わし、破滅させる——普段のココはそこまで残酷性があるタイプではないので、彼女から「妖精」を感じることは滅多になかったのだが。

　どうにも今回の委員決めで、ココは相当に肝を冷やしたらしい。

　結果として、丸く収まった（ただ結局ココが委員になってしまったため、女子の中にはココに対してやるせない気持ちを抱いている者も何名かいるようだ）とはいえ、こんな風に俺が女子にモテにモテまくっている現状を積極的に弄《いじ》って来るのだった。

　今まで散々ココへの美少女ネタに乗っかって来た俺が、逆に弄られる立場になっただけとも言える。甘んじて受けるしかあるまい。

「降参だよ。俺のせいで色々と騒がしいことになってるのは本当に済まないと思ってる」

「だったら、早く何とかして欲しいな」

「ああ。善処するよ」

「ワタシとしてはカナデちゃんとヨリを戻すのが一番——ああ、でもなぁ。結局、カナデちゃんに戻って来るのかよって周りからは思われちゃうのかな。これだけヒビキくんの争奪戦が激化しちゃうとなー」

「争奪戦……まるで俺が限定販売の商品にでもなったみたいな扱いだな」

「みたいな扱い、じゃないと思うよ」

　ココが真顔で言った。「今のヒビキくんは、誰もが欲しがるハチコーで一番レアなアイテムだよ。それがワンチャン、手に入るかもしれないってみんな必死になってる。そこで今更、やっぱり元の持ち主のモノでーすって言ったら、みんなあんまり、良い気はしないだろうね」

「……」

「だとしても、そんなの他人にどうこう言われることじゃないって、ヒビキくんもカナデちゃんも言いそうだけどね。ふふっ」

微笑を浮かべたココはふいっと視線を落とし、左肩にぶら下げた学校指定のナイロン製バッグからスマートフォンを取り出し、それを弄り始めた。

――ハチコーにおいて、それを使っているだけで「イケてない女子」と見做《みな》されるはずの学校指定鞄《かばん》を常用しても尚《なお》、薬師寺ココの価値は一切損なわれることはない。

彼女は、本当に特別な存在だから。

俺と奏《かなで》のことを他者の目など気にしない存在であると断言した彼女自身が、他者の評価から生きる人生と最もかけ離れた位置にいるのだ。

その事実に俺は皮肉めいたモノを感じずにはいられなかった。

▲　△　▽　▼

「意外と集まりがいいな。もうほとんど揃《そろ》ってるんじゃないか？」

「今日はLHRが始まるまで少し時間が掛かったから、かな？」

「かもしれないな。空いてる席は……」

俺は会議室を見回した。

普通の教室を二つ組み合わせた程度の広さがある会議室に、コの字型になるように長机が置かれている。

一年生と思《おぼ》しき生徒達《たち》が「コ」の字の上下辺となる席に端から座って行ったようで、

ぽっかりと席が空いているのは「コ」の字の右辺――いわゆる議長席周辺だけだった。

知り合いは、一人もいなかった。

二年生もそれなりに集まってはいたが、名前すら覚えているか怪しい人物ばかりだ。体育で一緒になる一組の男子生徒に見覚えぐらいはあるが、これまで話したことはない。

それよりも俺が気になるのは、全体的にこの場所にいる人間達から露骨にやる気のなさが窺《うかが》えるということだろう。

ただ、それは仕方がないことだとも思う。

オープンスクール実行委員になりたくてなった人間なんて、おそらくココぐらいだろう。大半の連中はクジに負けて、嫌々とこの会合に参加しているに違いない。皆で一緒に素敵なオープンスクールを作り上げようぜ――などという意欲があるわけないのだ。

「仕方ない。あそこの特等席に座ろう」

「うーん、そうだね」

右辺の丁度中央に位置する席に、俺とココは腰を下ろした。

やる気がない人間であれば絶対に避けるであろう席が見事に余っていたことに俺は苦笑せざるを得ない気分になる。

「……」

俺の右隣には、二年の女子生徒が座っていた。

髪は黒のストレート、背丈は平均くらいで、わずかに垂れ気味の目が印象に残る。全く見覚えがない子ではない。放課後、彼女がトランペットを持って廊下を移動してるところを何度か見かけたことがある。ああ、そうか——吹奏楽部の子だ。

「よろしく」

「……はい」

低い声が返って来る。彼女は顔を顰《しか》め、こちらを見ることもなく、正面を向いたまま小さく会釈をした。そのまま彼女は右手に持っていたペンをぐっと握り締める。

珍しい色だ。

これは、金色のインキのボールペンだろうか。

「(……申し訳ないことをしてしまったな)」

だが、そんな雑念を俺はすぐさま振り払った。

彼女から「話し掛けてくるな」という強い感情がヒシヒシと伝わって来たからだ。

俺は背筋を伸ばし、彼女から視線を切る。

今の俺は存在自体がハチコーの中でもトップクラスに厄介な人間だ。一切の関わりを持ちたくないと思う子がいるのは当然だろう。

ただ、同じ委員に所属する者同士として最低限の会話をする機会もあるはずだ。

彼女には不快な思いをさせてしまうだろうが、今後、多少は会話して貰《もら》わなければならなくなるかもしれないな……。

「いやぁ、すまない！　遅れてしまったかな！」

と、そこで快活な挨拶と共に会議室に入ってくる生徒の姿があった。

その顔には見覚えがあった。

「さてと、空席は――むむっ!?」

――そして、それはお互い様だったようで。

彼は「おおっ」と両手を小さく上げ、わかりやすく驚きを露《あら》わにすると、

「月村《つきむら》じゃないか。君もオープンスクール実行委員に？　しかも、薬師寺《やくしじ》さんまで……これは意外だ。二組はトップスターを送り込んで来たのだね」

「そんな大層なものじゃないさ、芥川《あくたがわ》」

芥川剣司《けんじ》は明確に優等生の地位にいる男だ。

学年テストの順位も常に上位。サッカー部のレギュラーとして活動しており、二年三組の中心人物としてその名は学校中に轟《とどろ》いている。

ただ、彼がクセの強い人物であることは間違いない。

その証拠の一つが――芥川と一緒にやって来た女子のオープンスクール実行委員が非常に居心地の悪そうな表情を浮かべていることだ。

その子は俺も顔だけは知っているが、名前までは知らない学校でも目立たないようなタイプの女子だ。そして、芥川はクラスメイトであるはずの彼女のことを一切見ようとしない。まるで自分に空気が纏《まと》わり付いているかのように、彼女を扱っているのだ。

――芥川はカーストが低い人間と極力関わりを持ちたがらない、らしい。

軽く話をする程度では、芥川は快活な男にしか見えないのだが……実際、どうなんだろうな。とはいえ、芥川が優秀な人間であることは確かだ。オープンスクールに向けて活動していく上で、貴重な戦力になることは間違いないだろう。

こうして芥川達がやって来たことで、会議室にいる人間の数が「三十六」になった。
一、二年の全クラス・男女のオープンスクール実行委員が会議室に集結したことになる。あと必要な人間は一人。つまり、委員会の顧問を務める教師——
「全員いるかー？　おーし、ちゃっちゃとやるぞー」

そして芥川が到着してから二分ほど経《た》った頃だった。

オープンスクール実行委員会の顧問である教師の杉村《すぎむら》先生がのっそりと姿を見せた。

杉村先生は主に三年の授業を担当している数学教師だ。

年齢は四十半ば。痩せても太ってもおらず、授業が退屈なことに定評があるとは聞いたことがある。確か野球部の顧問を務めていたはず。会議室には一年と二年しかいないこともあって、いまいち馴染《なじ》みのない教師とも言える。

既に時間は押しているのだが、誰も杉村先生の無神経な発言に文句は言わなかった。学校の会合なんて、これぐらいの遅刻はよくあることだからだ。

「まず、基本的なことを説明するぞー。今年のオープンスクールは……ふーん、八月十日の土曜日か。書いてくから、各自メモ取ってけよー」

手に持ったプリントをチラ見しながら杉村先生が授業と同じ要領でホワイトボードにカ

ツカツと伝達事項を書き始めた。

俺達は筆記用具を取り出し、指示通りにメモを取り始める。

「皆にやって貰うことは、案外色々ある。聞いてると思うが、元々は生徒会の仕事だったもんで、そこそこ面倒なんだ。仕事としては例えば当日の設営、司会進行とかがあるな。ただ、プログラムの作成などはやらなくていい。これは前年度までのノウハウがあるからな。とりあえず、去年と同じことさえやってれば失敗はないってわけだ。で、おそらく今皆が一番思ってるのは『オープンスクールって何をやるんだ？』ってことだろう。そこで良いモノがある。去年の中三に配布されたパンフレットだ。全員分あるはずだから回してくれ。頼むぞ、月村」

「はい」

杉村先生が持って来ていたパンフレットの束を俺に渡した。

「あっ。ヒビキくん、手伝うよ」

「いや、大丈夫だ。少し重いからな」

ココからのありがたい申し出を断り、俺はそこそこ重量のある冊子の束を受け取って、長机の上に置いた。

ちなみに俺達はコの字型に並べられた机の上座に当たる部分に座っていた。

俺は受け取ったパンフレットを左右に回す。

すぐにパンフレットは全員に行き渡り、会議室の中をぺら、ぺら、という滑らかな紙を捲《めく》る音が断続的に鳴り響いた。

「よし。そこに書いてあることが、うちのオープンスクールの全てだ。要するに大したことはやらねぇんだ。各中学からの受験志望者を体育館に集めて、過去に入賞した部活の連中に……いや、去年の吹部は賞取れなかったけど演奏はやって貰ったか。まぁ……要は、もう出演して貰うことがお決まりになってる部活がいくつかあって、それと追加で優れた成績を残した部活の奴《やつ》らに来て貰うこともあるって感じらしいな。ただ、まぁ、実は俺も顧問になって今年で二年なもんでな……そこまで詳しくは知らないというか……」

そこまで言って杉村先生は会議室を見回した。

「冊子の中に『決めなくちゃいけないこと』を纏めたプリントを挟んであるから、適当に決めて、各自動いてくれ。当日、滞りなく終わるなら俺は何をやっても文句は言わないからな。じゃあ――」

そのとき、杉村先生がチラリと俺の方を見た。

そして、

「実は、俺は部活に戻らなくちゃなんなくてな。そういうわけで、後は任せたぞ！」

「!?」

――疾風のように、会議室から去っていったのである。

「なっ……」

まさに最低限必要なことを伝え終わったら即座に撤収すると決めていなければ実行出来

ないようなスピード退場だった。

当然、杉村先生が去った後の会議室は騒然とならざるを得ない。

各自相方であるクラスメイトと顔を見合わせ、この先、この委員会はどうなってしまうのかと不安の色を覗《のぞ》かせ始めた。

「ヒ、ヒビキくん……。なんだか凄《すご》いことになっちゃったよ……！」

「ああ。杉村先生は五分も会議室にいなかったな……」

「えっ！　そ、それは短いね……！」

「むしろ、五分すら惜しいのかもしれんが。あの人は野球部の顧問だからな。今年の野球部はかなり強いらしくて、甲子園がほんのり見えているらしい。委員会の顧問なんてやってられないんだろう……まったく」

なにが「後は任せたぞ」だ。

だったら、場を仕切る人間の指名ぐらいはして行くべきだろうに。

会議室に集まった委員達は、それぞれほとんど面識がない。つまり人間関係のスタートとしては「自己紹介」から始めなければ何も始まらないレベルだ。

目の前に座っている相手の名前すら知らない状態で、そもそも何をやるのかすら分からないオープンスクールの企画・運営など出来るわけがない。

仕方ない。こうなったら――

「芥川くん。とりあえず、あなたが仕切ったらいいんじゃないかしら。杉村先生が残した紙にも書いてあるわ。まずは『オープンスクール実行委員長』を決めるべし、って」

　そのときだった。

　二年の理系クラス側の席から、そんな声が響いたのは。

「……おやおや、僕がかい？」

　三組ということで近くの席に座っていた芥川がすぐさま反応した。芥川は声の主を見やり、片眉を上げげた。

「それは構わないが——おや。もしや、君は山寺《やまでら》さん？」

「そうよ。というか、気付いてなかったの？」

「すまないね。髪を短くしただろう。去年とは少し印象が変わっていて、すぐには気付けなかったんだ」

　芥川が肩を竦《すく》める。

　どうも場を仕切るよう提案した山寺という女生徒とは顔馴染《かおなじ》みのようだ。

　山寺……そうか、七組の山寺美里《みさと》か。

　彼女は各種模試などで、必ず一桁台をキープし続けている理系クラスの女帝だ。スッキリとした襟足の短いショートヘアーに、大きな瞳。

　つまり、誰が見ても認めるような美人である。女子率が極めて低い理系クラスにおいて、彼女に好意を持っていない男子は一人もいないのではないかと噂《うわさ》されている。

「だが、山寺さんが委員長を務めてもいいのでは？」

「いやよ。私はクジで負けて、ここにいるだけだもの。八月は夏期講習が詰まってるんだから、前に出て指揮を取らないといけないような役職付きだけはゴメンなの」

「ふむ。だが、僕もサッカー部の大会があるんだが……？」

「でも、芥川くんはこういうまとめ役って好きでしょ」

「……ふっ」

芥川がくぐもった笑い声を漏らした。「まぁ、その通りかもな。さて、じゃあせっかく指名もあったわけだし——皆、この場はひとまずこの僕、二年三組の芥川が仕切らせてもらっても構わないかなっ！」

芥川が声を張り上げ、会議室をぐるりと見回した。だが、この空間は「構わないかな」と尋ねて、すぐさま「応ッ！」と答えが返ってくるような快活な場ではない。

この場にいる人間の大半は単純にクジに負けてオープンスクール実行委員になったため、士気が低い。

やる気がない。ローテンションなのだ。

当然、二年はともかく一年の委員の中には芥川のことを知らない子も多いだろう。彼らはまだ入学してから、半年も経っていない。

実際、芥川の呼び掛けに対して、一年生達《たち》の反応は芳しくなかった。

彼らは一様に隣に座る同じクラスの委員と顔を見合わせ、そして芥川の方を一瞥《いちべつ》し、そして最終的には俺の顔を縋《すが》るような目で見て——

視線が、集中していた。

俺を見つめる視線は、一つや二つではなかった。ハチコーは各学年八クラス。そしてオープンスクール実行委員は男女一人ずつなので、一年生は合計十六人。そのうち、十を優に超える視線が、芥川ではなく、俺の方へと向けられていたのだ。

その意味に気付けないほど、俺も鈍感ではない。

彼らは暗にこう言いたいのだろう。

——月村先輩が仕切るんじゃないんですか、と。

「ヒビキくん、ヒビキくん」

当然、その明け透けな視線が意図することにココも気付いていていたらしい。ココは声を潜めて、俺の耳元にその可憐《かれん》な唇を寄せると、

「一年生の子達は、ヒビキくんに委員会を仕切って欲しいみたいだよ」

「……そのようだな」

「多分、一年生の子達はヒビキくんのことは知ってるんだろうね。でも、アクタガワくんのことは知らない……だから、このままだとアクタガワくんが仕切る形で委員会が進んじゃうけど、本当にそれでいいのか不安みたい」

「無理もないだろう。本来は杉村先生が場を仕切る人間ぐらいは指名していくべきだからな」

「たしかにね。でも、どうしよっか。アクタガワくんとヒビキくんで委員長の座を取り合うとか、今更そんなことをしている場合じゃない気もするし……」

その通りだ。

確かに一年生はあまり存在を知らない芥川《あくたがわ》が前に出て来て、不安かもしれないが、ただでさえこの会合は顧問の教師がいなくなってしまって生徒達で決めなくてはならず負担が大きい。

この期に及んで「委員長決め」などという無益な争いをしている暇は――

「……む？　もしや一年生達は月村《つきむら》になにか役職に就いて欲しいのかな？　月村。君はどう思うんだ？」

と、そこで芥川が一年生達の視線に気付いてしまった。彼は俺の方を真《ま》っ直《す》ぐ見つめ、何とも直球な質問をぶつけて来る。

俺は芥川に向き合い、言葉を返した。

「そりゃあ、誰も立候補する人間がいなければ委員長だろうが副委員長だろうが、俺がやることに異論はないがな。ただ今回は芥川、君が既に『仕切る』と言っているからな。俺は出しゃばるつもりはない。影に徹するよ」

「いや、」芥川が首を横に振った。「それは――正直、困る」

「なんだと？」

「いいかい、月村」

席を立った芥川が、俺の近くまで歩み寄ると、グッと顔を寄せた。そして俺にだけ聞こえる声で——早口で言い放ったのだ。

「僕の立場も考えてくれ、月村。君に何も役職を与えず、僕が委員長を務め、微妙なクオリティのオープンスクールをやったとしよう。すると先生や周りの人間は必ずこう言うはずだ。『月村響《ひびき》に任せれば良かったのに』と。それは困るんだよ」

「……」

「君も気付いている通り、このオープンスクールは誰からも期待されていないし、皆、無気力だ。ギリギリで沈まないことだけが確約されている泥船のようなものさ。既に悪評は免れないんだ。まったく山寺さんにはやられたよ。彼女とは一年のとき、同じクラスだったんだが、逃げるのがすごく上手《うま》いんだ。ああやって表で名前を出されてしまったら、僕のキャラクター的に拒否は出来ないとわかった上で指名をしてくる……困ったものさ。だが、僕一人で沈むつもりはないよ。月村、君にも責任の一端は担ってもらうし、泥も被《かぶ》ってもらうぞ」

血走った目で芥川が俺を睨《にら》みつけた。

「委員長と副委員長。好きな方を選んでくれていい。僕のおすすめは副委員長だな。もちろん、月村に委員長をやってもらえるなら願ったり叶《かな》ったりだが、さすがに僕もそこまで求めるほど強欲じゃない。一番の汚れ役は僕が引き受けるよ。けれど、まさか——ここまで僕に喋《しゃべ》らせておいて、どちらもやらないとは言わないよな?」

「……」

正直、俺は複雑な気分だった。

そもそも、オープンスクール実行委員の運営において最初から暗雲が立ちこめているのは明らかだった。

だが、会合が始まってわずかな時間しか経《た》っていないというのに——既にカースト上位の生徒達の間では、責任の押しつけ合いが始まっていたなんて。

ざっと見た限り、委員に選ばれた二年の生徒の中で、代表者として前に立つ能力に長《た》けているのは俺、三組の芥川、七組の山寺の三名だ（ココは副委員長なら可能だろうが、性格的に委員長タイプではない）。

少なくとも俺達三人の中で誰かが代表としてこの「ギリギリ沈まない泥船」の船長を務めなければならなかった。そんな中、山寺は即座に知り合いである芥川を生贄《いけにえ》に差し出すことで、まず一枠を埋めることに成功した。

そこからは芥川が語った論理の通りだ。

——この委員会に月村響が選出された以上、俺が役職に就かなかった場合、それはそれで厄介なことになる。

芥川の目からも見ても、「月村響」は明確に貴重な存在なのかもしれない。

これはカースト最上位生徒にとって、ある種の悩みの種でもある。

俺達はこの手の委員会に選出されたとき、代表者、もしくはソレに近い立場の役職を務めることを強制されがちなのだ。

　これに関しては、生徒間の権謀術数を越えて、教師側の事情でもある。

皮肉なことだが、杉村《すぎむら》先生は委員の中に俺がいたからこそ、安心して野球部の練習に戻ることが出来たのだと思う。

　あのとき、去り際にチラッと先生が俺の顔を見たのは――きっとそういう意味だ。

　自分がいなくなっても、俺がいるのだから勝手に会合を取り仕切ってくれると願いを託した。今思えば、アレはそういうニュアンスを含んだ一瞥だった。

　俺は思う。

　やはりスクールカーストは誰の得にもならない。その三角形の上にいようが、下にいようが、利益だけを享受し続けられる者など存在するわけがないのだ。

　ならば――ここで俺が取るべき行動は？

「……芥川。君の言いたいことは理解した」

　声を潜めて俺は芥川に耳打ちをする。

「お互い、面倒なことに巻き込まれたものだな。俺は部活はやっていないが、君はサッカー部だろう。大会が近いはずだ。相当に参ってるんじゃないか」

「ああ……そ、そうなんだよ！」

　芥川はわずかに口元を緩めると、

「今、僕はレギュラーだが、絶対に安泰ってわけじゃない。高円宮杯もあるし、地区リーグだってある。出来る限り、練習に出ないとダメなんだ」

一気に熱っぽく語り始めた。

芥川は俺を泥船に引きずり込もうとしているが、別に悪い人間ではないと思う。彼は純粋にサッカーがやりたいのだ。だが、その情熱の前に突如として障害が立ち塞がった。

それがオープンスクール実行委員会だ。

この厄介者の処理に、芥川は、辟易《へきえき》している。だから態度だってなりふり構わなくなっている。しかし――

「事情は察する。だが、クジ運が悪かったな。ある程度は妥協してもらう。結局、これは誰かがやらなくてはならない。それに、君は二つほど勘違いをしているようだな」

「……勘違い？　しかも二つだって？」

「ああ。一つは――」

そして俺は芥川から顔を離し、会議室の中を見回した。

――不安そうな顔がずらりと並んでいた。

俺は思う。これは極めて厄介な事態だ、と。だが、完全に絶望しきってしまうには、まだ早い、とも――

「皆、聞いてくれ。芥川との協議の結果、俺がオープンスクール実行委員会の委員長を務めることになった。っと、すまない。俺のことを知らない者も多いか。俺は、二年二組の月村だ。オープンスクール当日まで構わない。一応、名前は覚えておいてくれ」

「なっ……!?」

傍らの芥川が驚愕《きょうがく》の眼差《まなざ》しで俺を見た。

俺は視線を返し、一度だけ、頷《うなず》いた。すると芥川はハッとしたような表情を浮かべ、すぐさま、小さく顎を引いた。

それで終わりだ。

芥川は、誰よりも俺が「一番泥を被る決意を固めた」と理解した。

いや――それも違うか。

「副委員長は三組の芥川がやってくれるそうだ。オープンスクール当日まで一ヶ月と少ししかないし、委員長の俺もまだ知らないことばかりだ。何を決めればいいのかも分からない。だが、やれることはやろうじゃないか。それでは――会議を始めるとしようか。幸いにも俺達には杉村先生の置き土産がある。ひとまず、このプリントに書かれていることだけは今日、決めてしまおう。それでどうにもならなそうだったら……そうだな。野球部のグラウンドにでも行って、俺が直訴するか」

一つ気掛かりなことがある。

――来たるオープンスクールに関して、既に誰もが絶望しているのは、どうしてなのだろう?

本当にどうすることも出来ないのだろうか。

この船は本当に泥船なのか。まだ全てを諦めるには、早すぎるのではないか。

芥川には伝えなかったが、それこそがもう一つの勘違いだった。

今から俺達《たち》の努力によって、多少はマシな航海をすることだって——不可能ではないかもしれないのだから。

▲

△

▽

▼

杉村先生が残していったプリントには、意外と言ってはなんだが、ひとまず必要そうなことの大半が書いてあった。

それと合わせて去年使用されたパンフレットを参照することで、市立八王子高校が昨年開催したオープンスクールの全貌がほぼ明らかになったのだった。

だが、その事実は委員達の士気を向上させるのには全く貢献しなかった。

というのも——

「……オープンスクールというのは案外、窮屈なモノなんだな」

パンフレットを見ながら俺は思わずぼやいた。

すると、決定事項を書くためにホワイトボードの前に立っていた芥川が深々とため息をつきながら、

「驚いたね。僕らは仮にもオープンスクールの企画・運営をするために集められたと思っていたが……」

「ああ。道理でオープンスクールは来月なのに、委員会が招集されたのが一ヶ月前なわけだ。普通に考えれば、有り得ない日程だからな。要するに――俺達の了見で今から決めるべきことがほとんどないんだ。だから、このスケジュールでも間に合う。杉村先生も『去年と同じことさえやってれば失敗はない』と太鼓判を押すわけだよ」

俺はパチンとパンフレットを指で弾《はじ》いた。

「いや、むしろ――去年と同じことをやるのが俺達オープンスクール実行委員に課せられた使命というわけだ……まったく」

俺はうんざりした気分でいっぱいになった。

しかも、今、こうして俺と芥川が現状を言語化したことによって、会議室のテンションが更に急降下していくのが如実に伝わって来る。

だが、言わざるを得なかった。

この暗澹《あんたん》たる事実は委員全員が何よりもすぐに共有するべき事柄だと思ったからだ。

――今年のオープンスクールの内容は、既に大半が決定済みだった。

つまりは具体的に何が決まっているかというと、いわゆるフレームワークに当たる部分のほぼ全てだ。

例えば当日配布する二〇一九年度のパンフレットのデザインだとか、各中学校・進学塾などに既に配布済みの今年度のオープンスクールの概要、当日のプログラム進行の手順など、俺達委員が抱いていた『今から準備を始めて、当日に間に合うのか？』という疑問の種のほぼ全てに答えが出ていたわけだ。

つまりは去年やったことをほぼそのままコピー&ペーストするというやり方で。

「(特にデザイン系の大半が決定済みなのは厳しいな。定められたことからの逸脱は絶対に不可能というわけか……)」

しかも、困ってしまうのが既に俺達の手が付けられないところにボールが投げられてしまっている案件が非常に多いことだ。

これがオープンスクールではなく文化祭だと全く事情が変わってくる。

文化祭実行委員の静玖《しずく》から話を聞く限りでは、文化祭の場合、委員達が各自デザインを担当するデザイン会社と実際に打ち合わせをするそうだし、与えられた予算の範囲で、毎年生徒達がやりたいイベントを自由に企画することが出来るそうだ。

いかに独創的な企画を提案出来るかが文化祭実行委員には求められるようで、去年と同じようなことは絶対に出来ない、と誰もが鼻息を荒くしているとのこと。

完全にオープンスクールの真逆だ。

そんな中で俺達が今から決めなくてはならないことはというと――

『委員長・副委員長の選出』は終わったな。まずは『当日、発表をしてもらう部活とのスケジュール調整』。候補は欄外の※印参照……例年通り、吹奏楽部、ダンス部、演劇部が確定。合唱部にも去年は舞台に立って貰《もら》ったが、その年のコンクールで結果を残せなかったため、今年は無し。ＥＳＳも近年成績が芳しくないが、トップ進学校として今年も出演は継続。美術部は入選多数によって、例外として体育館の後方に観覧ブースを設けること、か」

「…………いや、既に何から何まで決まってないか？　これのどこに僕達が何かを決める余地がある？」

芥川《あくたがわ》が首を傾《かし》げる。俺は即座に答えた。

「これは『誰が各部活に御用聞きに行くか』ということを決めろと言っているのさ」

「そ、それだけか？」

「案外、難敵だと思うがな。なにしろコンクールや大会が近くて殺気立ってる吹奏楽部や演劇部のところにノコノコと出向いて、オープンスクールのためにちょっと時間を作ってくださいと頭を下げなければならないんだからな」

「……」

仕事内容のあまりのくだらなさに驚愕したままの芥川を一瞥《いちべつ》して、俺は大きく息を吐き出した。そして淡々と任された仕事に向き合うこととする。

「これは委員長の俺がやろう。交渉する部活は……五つか。それぐらいなら大して負担にもならないからな。次は……ああ、これが皆にやって貰う仕事だろうな。『当日の役割分担』と『前日の設営について』か。だが……ふむ、参ったな。プリントに細かい記載がない。ああ、いや……なるほど。これは次の会合で決めるのか。

だが、ある程度なら想像は付くな。皆には心構えをしてもらうために俺の予想を話しておこう。当日は体育館にハチコーへの入学を考えている中学三年生を集めて、うちの学校をPRすることになるわけだが……ここで問題となるのは当然、体育館は運動部が頻繁に使用しているということだ。つまり設営は限られた時間にやらねばならない。まず俺達は前日に来客者用の配布物などを一通り揃《そろ》える。当日は早朝に集合。体育館に椅子を並べて、式典用に体育館を飾り付ける。オープンスクールは午前中のみだから、おそらく午後になったら運動部が体育館をさっさと片付けろとせっついて来るだろう。撤収作業も迅速に行わなければならないはずだ。他には『校内見学』なんてモノもあるのか。時期的に夏期講習期間だから、授業は見られないいんだな。だとしたら、校内を散歩するだけになりそうだが……あまり意味があるようには思えないな……」

ああ、なんということだろう。

――俺が話せば話すほど、委員会の皆がどんどん死んだ目になっていく。

我ながら夢も希望もない話だと思う。

そりゃあ「委員会活動」自体が、そこまで楽しいモノではないのだ。

学生に小間使い扱いされる学級委員、生徒を取り締まって嫌われる風紀委員、しょっちゅう学校清掃に駆り出される美化委員など、どの委員会もそれなりの労働を伴うものばかりだ。

しかし、どの委員会も、それなりに「やり甲斐《がい》」はあるのではないかと思うわけで。

そういう意味では、オープンスクール実行委員の活動は、無益さというか、しょうもなさというか、脳死の労働感があまりに強すぎるように思えた。

——どうして、こんなことに?

理想を言えば、未来への希望に目を輝かせた入学希望者に対して、学校の素晴らしさをアピールするという有意義な活動を行える委員会のはずなのに。

「(『栄光ある航海』を達成することは難しいかもしれないな……)」

俺ならば現状を打破出来ると考えたのは自惚《うぬぼ》れだったのだろうか。

このままでは『ギリギリで沈まない泥船』の誹《そし》りを免れるのは極めて難しいように思える。

オープンスクール実行委員の問題は、一通り明らかになった。

結局、俺達に求められているのは去年のコピー&ペーストであり、しかもパンフレットのデザインなどが既に決定してしまっていて、その多くがもう手の付けようがない状態になってしまっていることだ。

そして何かをするための予算もない。

一切の記述がないということは、リアルにゼロ円なのだろうか。

いやいや、そんなまさか——

「(さあ、どうする。このままだと、俺達は泥船に乗って絶望の航海に赴かなければならなくなる。この旅を少しはマシにするために何をするのが最善なんだ——?)」

資料に集中したことで、自然と口数が少なくなる。

今ある手札で、出来ることをやらねば。

どこかに突破口は——

「……あの」

不意に、遠慮したような女の子の声が響いた。

しかも俺の隣から。

だが、それは左隣に座っているココのモノではなかった。

声の主が座っているのは——俺の右隣だ。

「委員長。少し発言をしてもいいですか」

黒のストレートロング髪に、僅かに垂れ気味の目——先ほど、俺も初めて話をした吹奏楽部に所属する二年の女生徒だ。彼女が小さく手を挙げ、俺の方に視線を向けていた。

「ああ、構わない。ただ、クラスと名前だけは名乗ってから話してくれると助かる」

「……わかりました」

彼女は首を縦に振り、スッと立ち上がった。そして会議室の中をぐるりと見回した。

「私は、二年一組の光永優香《みつながゆうか》です」

そうか、この子は光永さんというのか。

立ち上がった姿を見て感心したのは、その姿勢の良さだ。

それは彼女が吹奏楽部で日々トランペットを吹いているからなのかもしれない。数ある吹奏楽部の楽器の中で、トランペットは胸を張って、シャンと背筋を伸ばして演奏するイ

メージが強い。しかし、その少し眠たげな目からは光永さんが何を考えているかを窺《うかが》い知ることは難しかった。おそらく、他の委員達も同様の感想を抱いたに違いない。

発言。

彼女は、いったい何を言うつもりなのだろう。

「思ったんですが……別に無理をして去年のオープンスクールを真似《まね》する必要はないんじゃないでしょうか」

光永さんの口から飛び出したのは、中々興味深い意見だった。

確かに去年のオープンスクールを模倣せねばならないという制約が委員の士気を著しく低下させているのは紛れもない事実だ。だが、この意見は言いっぱなしでは困る。真似しないというのならば、代案が必要不可欠だ。

「なるほど。それなら光永さんは、どんな風にオープンスクールをやりたいのかな?」

俺は尋ねた。

おそらく彼女には別案があるはずだ。それを聞いてみたいと思ったのだ。だが——

「ええと……」

「ん。どうした?」

「去年ではなくて一昨年のオープンスクールを真似してみたらどうかと……」

返って来たのは、思っていたよりもモヤッとしたアイディアだった。

一昨年《おととし》か。ああ、それは——

「一昨年というと……俺達《たち》が中三だった頃になるのか」

つまり二年生がオープンスクールに参加する側だった時の話というわけだ。あえてここで一昨年の話題を出して来たということは、おそらく光永さんは当時入学希望者としてオープンスクールに参加していたのかもしれない。

これは突っ込んで訊《き》いておいた方がいい気がする。

「光永さんは、その時のオープンスクールに参加していたのかい？」

「……」

「光永さん？　ええと、そうだな。もしそうだったとしたら、おそらく光永さんが具体的に真似してみたいパフォーマンスや工夫がその代のオープンスクールにはあったということだろう？　だとしたら、それを聞かせて貰えるとこちらとしても非常に助かるんだが――」

「……ええと」

光永さんの様子がおかしかった。そこまで難解な質問をしたわけではないと思ったが、彼女は急に何も答えてくれなくなってしまったのだ。

身体《からだ》が震え、息も荒くなる。

結局、そのすぐ後に光永さんは上擦った声で、

「ご、ごめんなさいっ。具体的にって言われると……以上です」

とだけ言い残して、逃げ去るように発言を打ち切り、着席してしまったのだ。

会議室は妙な空気になる。

光永さんはグッと膝の上で拳を握り、顔を林檎《りんご》のように赤らめて、下を向いてしまっている。

「…………なるほど。ちなみに、二年生の中で、中三の頃にオープンスクールに参加した者はいるか？　もしいたら、光永さんの発言を補足して貰いたいんだが……いないか」

ザッと残りの二年生全員に視線を送ったが、それといった反応はなかった。

委員の中でこの年度のオープンスクールに実際に参加していたのは光永さんだけだったようだ。これではこの場で追加の情報を得るのは難しい。

「——月村《つきむら》君。光永さんは、いつもそんな感じだから、今のは聞かなかったことにしてあげて」

声の主の方を見ると、理系の女帝こと山寺美里《やまでらみさと》が長机に肘を突き、うんざりしたような顔付きで小さく手を挙げていた。

「七組の山寺さんだね。いつもそう、というのは？」

「ええ。私達、去年同じクラスだったんだけどね。考え無しなのよ、光永さんって」

山寺さんが鋭い眼差《まなざ》しで光永さんを睨《にら》みつける。

彼女はキツめの美人で、声もハスキー気味だ。自然とその言葉は苛烈な「追及」のトーンを帯びる。

「今の状況で去年のオープンスクールの模倣を止《や》めるとしたら、それなりの代案は必要でしょ。今みたいなフラッシュアイディアは議論を掻《か》き乱すだけだわ。光永さんって前からそういうところがあるっていうか、思い付きで発言して、詳しいことはよくわかりませんって言いがちっていうか……具体性と論理性に欠けるの。芥川君も知ってるでしょ？」

「ん。あ、ああ……まぁ、そうと言えなくもないか……？」

「いいえ、そうだったのよ」

話を振られた芥川が曖昧に頷《うなず》いた。なるほど、光永さんを含めたこの三人は去年同じクラスだったのか。

ただ、さすがの芥川も山寺さんの発言にはっきりと賛同はしなかった。

芥川にはカーストが低い相手と関わろうとしない悪癖があるとはいえ、彼はそれ以上に外面を気にするタイプだ。異性を相手に議場で欠点をあげつらうようなことは、さすがにやるまい。

一方、山寺さんの追及は止まる気配がなかった。彼女は項垂《うなだ》れた光永さんを忌々しげに一瞥した。

「月村君、話を戻すわね。とにかく、光永さんの意見はそこまで参考にしない方がいいわ。取るに足らない意見とまでは言わないけど、」

瞬間、山寺さんは鋭い眼差しで俺の顔を覗《のぞ》き込んだ。山寺さんが続ける。「私達みたいに、建設的な議論をしようとしている人間から見ると、ノイズに成り得る意見だとは思うから」

「……中々キツいことを言う人なんだな、君は」

「そうかしら。間違ったことは何も言ってないと思うけれど……ああ。これ、倫理的とか感情的な意味じゃなくて、論理的な意味。一応、補足しとく。月村君なら分かってくれるとは思うけど、そうじゃない人もいるだろうし」

山寺さんはフッと口元を緩め、言いたいことは言ったとばかりに椅子に体重を預けた。

——山寺美里の主張は、あまりに冷徹だが、全て事実だった。

光永さんの言っていることはフワッとしているし、実際かなり唐突な内容だ。具体性もなければ代案もない。

全て山寺さんの言う通りなのだ。

俺も彼女のことをフォローしたいとは思うが、結局、その擁護は「責められている光永優香が可哀想《かわいそう》だから」という感情によるものでしかない。

結局、光永さんの主張が思い付きでしかなく、全く建設的ではないことは認めざるを得ないのである。

ただし——俺が山寺さんの意見に反感を覚えるのには、別の理由があった。

そもそも、山寺さんは光永さんに異様に厳しくないだろうか。

彼女は極めて優秀だ。だから、あまり論理的な思考が得意そうではない光永さんのことを野暮ったく思っているのかもしれない。

だが、人前で同級生の主張をここまで批判するなんて……いや、もはや、これは主張だけに留《とど》まらず、光永さんの人間性に対する批判に等しいだろうと思った。

正直、それはあまりに無情だと言わざるを得ない。

芥川《あくたがわ》ですら若干引いているし、周りにいる一年生の大半は山寺美里の放つ雰囲気に完全にビビってしまっている。

彼女に対して露骨に怪訝《けげん》そうな表情を浮かべているのはココぐらいだ。

普段は柔和な笑みを絶やさないココがこんなにハッキリとそんな表情をしているのを俺は初めて見たかもしれない。

それぐらい山寺美里の光永さんを見る目は、本当に冷徹なのだ。もはや彼女のことを見下しているというレベルを超えていて、「別の世界」に生きている人間だと見做《みな》してさえいるように思えるほどに。

それに、あのとき山寺美里は殊更強調して、俺達のような人間は、ノイズと成り得る光永優香の意見に惑わされてはならないのだと主張した。

自分達は、彼女とは違う人間なのだと。

このとき俺は半ば確信した。

――上位カーストにいる山寺美里は、低カーストである光永優香が議論の場で発言したことすら気に食わないのだ、と。

五章　壁を越えてゆけ

議論とスクールカーストを巡る話といえば、やはり、しばしば耳にする「スクールカーストの低い生徒はどうしても発言力が弱くなる」という問題に行き当たるだろう。

例えば文化祭でのクラスの出し物、合唱コンクールの歌唱曲、修学旅行の班ごとの行き先など、意外と学校の行事には生徒が内容を決められる物が多い。

だが、その選択権が平等に全生徒に与えられていて全てが多数決で決まるかというと、そんなことはない。多数決まで議論が発展せず、上位カースト生徒の一声で全てが決定してしまうことも珍しくないのだ。

——でもそれって所詮、二軍の意見じゃん、という奴《やつ》である。

彼らがそんな調子だから、言われる方も「低カーストの自分には発言する資格はないんだ」と思い始めてしまうだろうに。

本当に、悲しい考えだと思う。

どうして彼らは同じ人間をそこまで下に見ることが出来るのだろう。

いや、どうして——そんな差別的な考えをするようになってしまったのだろうか。

学校か、教育か、果ては政治か、生徒自身か。

いつまで経《た》っても答えは出ない。俺に出来ることも少ない。だが、唯一わかっていることがある。俺がするべきことは一つ——その根底にあるスクールカーストを壊すことだけだということだ。

そして、オープンスクール実行委員会の初会合は終了した。

最後に山寺美里が光永優香《みつながゆうか》を激しく批判し、会議室の空気が殺伐としたモノになってしまったところで、生徒の下校時間を告げるチャイムが鳴ったのだ。

既に期末テストに向けた準備期間に入っているため、トップ進学校であるハチコーでは早めの下校が義務付けられている。いつまでも学校に残ってないで、さっさと家ないしは予備校で勉強しろ、というわけだ。

実際、オープンスクール実行委員としての議論は発展性を失っていた。去年のコピー&ペーストで済ませるならば、それこそ当日の役割分担だけを行えば、あとは他に大して決めることはなかったからだ。その中で唯一気になるのが光永さんの発言だった。

一昨年のオープンスクール。

去年ではなく、一昨年。

光永さんの口からはそれ以上の具体的な説明を聞くことは出来なかった。

彼女の目から見て、両者の間にはどんな違いがあったのだろう。

ただ、ここで少し悩み事があった。

実際、あの後、俺は知り合いに入学前にオープンスクールに参加したかどうか尋ねてみたのだ。そして、実際に参加した人間を数名発見した。彼らは一様に自分達が体験したイベントは非常に出来が良かったとは言っていたが——そもそも、具体的な内容をほとんど覚えていなかったのである。

　無理もない。ある意味で、オープンスクールは彼らをハチコーに導いたことで役割を終えたのだ。いつまでも入学する前のことに拘《こだわ》り続ける人間は少ない。

「あの、月村さん」

「ん……」

　目線を上げた先にいるのは、桐谷羽鳥《きりたにはどり》だった。

　場所は喫茶店イーハトーブ。

　いつものようにレッスンを——というわけではなくて、机の上に広げた教科書やノートからも見て取れるように、今日は期末テストの勉強を目的に桐谷を呼び出していた。

　ハチコーはトップ校であると同時に、そして中等部からの持ち上がりなどは一切ない市立校だ。この学校の生徒は、誰しもが非常に難しい入試をくぐり抜けて入学して来ている。

　自分のことを頻繁に「ばか」呼ばわりする桐谷ですら、中学の頃は成績優秀だったはずなのだ。

　だから——やれば出来るはずなのである。一年とちょっとの間、怠惰な暮らしを続けたことによって、その習慣と能力が失われてしまっただけで。

「や、やっぱり、オープンスクール実行委員の仕事は大変なんですか？」

　そんな桐谷がおずおずと俺に尋ねた。

しばらく黙って熱心に問題集と向き合っているかと思えば、どうもチラチラと俺の様子を窺《うかが》っていたらしい。勉強に集中するように——と叱るべきなのだろうが、桐谷にも悟られてしまうほどに、他のことに意識が行っていた俺の方が問題だろう。

いけない。桐谷の前なのだ。しっかりしなくては。

「すまない。疲れて見えたか？」

「そ、そんなことは……！」桐谷が首を大きく横に振った。「ただ、何か考え事をされているようだったので、委員会のことでお悩みでもあるのかと……」

「……悩みがないと言えば嘘《うそ》になるな」

「やっぱりですか！」

桐谷が大きく目を見開いた。そしてわずかに上目遣いに俺の顔をじっと見つめた。

「(……桐谷の奴、悩みを打ち明けて欲しそうにしているな)」

少し前までならば、先日、亮介《りょうすけ》も加入を希望した俺、奏《かなで》、静玖《しずく》、ココ、そして桐谷がメンバーとなっているメッセージグループが問題無く稼働していたのだが、俺と奏が別れたことで、このグループで行われるトーク数はめっきり減少してしまっていた。

俺と奏が一緒に存在する空間では、どうしても周りが気を遣ってしまうのだ。こればかりは一朝一夕では解決しない。多少の時間が経てばどうとでもなるだろうが、逆に時間を掛けずに、この気まずさを解消するのは難しい。

それに加えて俺がここしばらく忙しかったこともあって、桐谷との放課後のレッスンはしばらく休止となっていた。オープンスクールについての話も今まで一度もまともにしていないのだ。

少なくとも、全てを秘密にするような話ではないか。

それに……そうだな。

桐谷にも聞いておきたいことがないわけではない。

「……実は、ちょっと問題が起きていてな。オープンスクールの実行委員長に俺が就任したこともあって、少し困っていたんだ。ちなみにココからは何も聞いてないのか？」

「うっ!?」

「ん？」

ココの名前を出した途端、桐谷が表情をぐにゃりと歪《ゆが》ませた。桐谷は俺からササッと目を逸《そ》らし、何やら狼狽《ろうばい》した様子で言う。

「……コ、ココちゃんからは、特に何も」

「そうか。まぁ、プライベートな問題も若干含まれているからな……そうだ、桐谷。桐谷はハチコーに入学するとき、オープンスクールには参加したか？」

「わ、わたしですか？　ええと、わたしは……してないですね。一応、自転車で通えるくらいの距離には住んでいるので、わざわざ事前に高校を見ておく必要もないかなと……」

「なるほど。俺と大体似たような感じだな」

「はい。でも、どうしてですか？」

「……それがだな。実は会合で一組の吹奏楽部の子が気になる発言をしたんだ。それが俺達《たち》が体験した——一昨年《おととし》のオープンスクールの話だったんだが、ちょっと具体的な話を本人から聞くことが出来なくてな……」

「一組の吹奏楽部……」

桐谷が持っていたシャープペンを机にころんと置いて、指先を口元に当てた。

「……それ、もしかして光永優香さんのことですか？」

「む」

ボカしたのだが、桐谷は即座に彼女の名前を言い当てた。

もしや二人は——

「光永さんのことでしたら、去年同じクラスだったんで知ってます」

「そうなのか。じゃあ芥川と山寺《やまでら》もわかるか？」

「えっ……あ、あの二人もオープンスクール実行委員なんですか？　元一年二組が三人もいるなんて……」

そう言って桐谷は机に転がしたシャープペンを指先で弄《いじ》り始める。

顔色は、天気に例えるなら「わずかに曇り」ぐらいだろうか。

今、三つの名前が話の中に出て来たが、少なくとも、その瞬間に桐谷が笑みや好意的な表情を浮かべることはなかった。察するに険悪ではないが、親しくもない——それぐらいの微妙な距離感の相手なのかもしれない。

「……三人のことで知っておいた方がいい話があるなら、聞かせてもらえるとありがたいかもしれないな」

なので、俺もそこまで前のめりになるのではなく、やんわりと桐谷に尋ねてみることにした。

「う、うーん……そう言われると、少し難しいかもですね……。芥川さんは目立つ人でしたが、やっぱり男子ですし、わたしの苦手な『サッカーが得意なクラスの中心人物っぽい陽キャ』だったこともあって、まともに会話したことすらないような……」

「……今更の質問なんだが、桐谷は陽キャがそんなに苦手なのか？　亮介のことも似たような感じで苦手意識があると言っていたが……」

「あ、はい」

すんなりと桐谷が首を縦に振った。「極端な陽の者は、やっぱり全体的にわたしからするとキツいです。男子は、特に。急に暴力とか、振るったりしそうじゃないですか」

「…………そうか？」

少なくとも亮介は女に絶対手をあげないタイプだと思うが……。

「あくまで、わたしの偏見ですけどね……陽キャって大体パリピと裏表だと思うので。それから山寺さんは……ええと、そうですね。一年二組のクイーン、みたいな……？」

桐谷が言葉を濁した。

言わんとすることは、聞かなくてもわかる。おそらく去年の一年二組におけるスクールカーストの最上位に位置していたのが山寺美里《みさと》なのだろう。

「……ふむ。イメージ通りなわけか」

「かもしれないです。でも山寺さんはとにかく優秀な人なので、結構楽でした。オタクグループにキツく当たるとかもなかったですし。クラスで決めないといけないこととか最終的にほとんど山寺さんの意見が通ったんですけど、結局それが一番良い結果に繋《つな》がったような気もするというか……」

学校という空間は多数決で様々な事柄を決定するものだが、現実的に考えると「一つの問題」にぶち当たる場合がある。

だが——最も平等な決議が、最も的確な正答に導くわけではない。

時には一部の人間だけが支持した意見こそが最高のアンサーになることだってある。そういう意味で山寺美里は特別な素質を持っているのだろう。つまりは「心地良い支配」を行う能力に長《た》けているわけだ。

「だから最後の方とか、わたしは全部山寺さんに決めることは丸投げしてましたね。というかクラス全体がそんな感じだったような……」

「リーダーに任せておくのが一番、ということか」

「はい。そうだったと思います。自分の意見をわざわざ言うのは……それこそ光永さんくらいでしたねぇ……」

桐谷が目を細めた。きっと去年も光永優香が突拍子もないことをフラッと発言して、山寺美里が静かな怒りでもって幾度となくそれを修正して来たのだろう。

道理で山寺が光永さんを詰めていくのがやけにスムーズで、そして恐ろしいほどに彼女には冷徹だったわけだ。

あれは初めてのコトではなかった。だから、掛ける言葉もより厳しくなったわけだ。

「（たとえ曖昧な意見であっても、他人任せにせず、自分が思ったことを発言するのは決して悪いことではない――と一概に褒めることは出来ないか。山寺が厳しいだけではないな。議長をやる人間からすれば忌々しく感じても仕方がない……）」

俺も少なからず人前に立ち、議論の進行を行ってきた経験がある。その経験からすれば、ふわっとした意見を言うだけの人間というのは、やはり悩みの種なのだ。

相手が結局何を言いたいのかを察するのが困難で、それどころか言っている本人すらソレがわかっていない場合だってあるのだから。

「（だが……無視するわけにはいかないな）」

なぜなら、光永さんは、たとえ議長に白い目で見られようとも自分の意見を口にし続けたのだ。今回の会合だって、天敵である山寺美里がいることは彼女にもわかっていたはず。

それでも、彼女は――身体《からだ》をガクガクと震わせながら言葉を紡いだ。

それは何故《なぜ》か？

――それでも伝えたいという意思があったから。

――自分の意見が、会議にとってプラスになると考えたからではないのか？

「あ。そういえば……月村《つきむら》さん。月村さんは一昨年のオープンスクールについて、具体的にどんな雰囲気だったのかを知りたいんですよね？」

不意に桐谷が言った。

俺が「ああ」と頷《うなず》くと、桐谷はパァッと表情を輝かせた。

「よかった。でしたら、確か千代田《ちよだ》さんが参加していたはずです！」

「静玖が？」

「はい。木原《きはら》さんがクラスに議題を持って来たとき、なんかそれっぽいことを言っていた記憶があります。一昨年のオープンスクールは楽しかった、みたいな」

「なるほど……」

そういえば静玖にはこのことを訊《き》いていなかった。今までなら普段の会話の中でサラッと話題に出していたのだろうが——皮肉なことに、こんなところにまで俺と奏が別れたことが影響しているようだ。

俺と奏を巡る謎の緊張感は依然として継続中だ。

その余波は何よりも「奏の一番の友達」である静玖に対しても効果を及ぼしていて、未《いま》だに人目に付くところで気軽に話せる状態ではない。

そして、俺と静玖が一緒に参加しているメッセージグループの全てに奏も参加している。つまり、こちらも絶賛停滞中であり、このような些細《ささい》な会話こそ、しづらい状況にあるのだった。

「（ひとまず、静玖に直で訊いてみるとするか……）」

静玖は自分が「楽しい」と感じたことを言語化するのは大得意だ。

これでおそらく光永《みつなが》さんの胸中にあるであろう「理想のオープンスクール」の実態を摑《つか》むことが可能になるはずなのだが――

▲
△
▽
▼

そして、次の日。

俺は桐谷《きりたに》とのテスト勉強を終え（やはり数時間ではどうにもならず、後日同じく赤点候補である奏も交えて勉強の機会を設けることになった）、帰宅した。

その後、静玖に電話を掛け、彼女の口から「一昨年のオープンスクール」がどのような形で行われ、実際の空気はどんな感じだったのかを事細かに聞くことが出来たのだった。

真実とは、得てして奇妙なモノだ。

まるでブロックパズルの最後の一ピースを嵌《は》める瞬間のように、それこそ快楽すら覚えるようなピタッと嵌まる感覚は、そこにはなかった。

だが、おかげで――次の会合では、それなりの成果を上げることが出来るかもしれない。

そんなことを思った。

「ヒビキくん、演劇部の部長さんからＯＫ出たよー」

「おお、早かったな」

演劇部の部室から出て来たココが親指と人差し指で「〇」を作り、クスリとはにかんだ。

今日は、会合の翌日だ。

現時点のオープンスクール実行委員会は光永さんの発言こそあったものの、やはり「去年のオープンスクールを基本的に模倣する」という方向で話が進んでいる。

ただ、それはそれとして、俺は別の仕事を自ら引き受けていた。『当日、演目をしてもらう部活とのスケジュール調整』である。

つまり、候補に挙がっている各部活を訪ね、オープンスクールで協力してくれないかとお願いして回る仕事だ。それこそ杉村《すぎむら》先生が職員会議で各部活の顧問を通して頼んでくれればいいのにと思わなくもないのだが、おそらくオープンスクール実行委員の立場が非常に弱いこともあって、生徒に丸投げしているのだろう。

とはいえ、今更愚痴っても仕方がない。

俺は一人で各部を回るつもりだったのだが、ココが協力すると言ってくれたため、その好意に甘えることにした。

オープンスクールで協力を頼む部活は五つ。

吹奏楽部、美術部、ダンス部、演劇部、ＥＳＳだ。

俺達が最初に訪れたのは演劇部だった。実はＥＳＳに関しては昨日電話をした際に部員である静玖《しずく》に頼んで話を通して貰《もら》っている。これで残るは、あと三つか。

「演劇部の出演は大丈夫そうだったか？」

「そうみたい。オープンスクールの日は予定が空いてるから、この前の大会でやった短めの劇で良いならって条件で引き受けてもらえたよ」

そもそもの話、ココが一人で演劇部に残り込んだのは彼女自身の提案だった。

というのも、どうやらココは前々から演劇部と多少の縁があったようで、自分一人で行った方が交渉が纏《まと》まりやすいとのことだったのだが……。

「まぁ、代わりにワタシが文化祭の舞台に出てくれないかって頼まれちゃったんだけどね」

「なに？」俺はすぐに尋ねた。「……まさか、オープンスクールの予定を押さえて貰うために、ココが無理をしてくれたってことか？」

「そんなことないよ。実は、演劇部の部長さんに前から誘われてたの。君の美貌を舞台で輝かせてみないかとか、そういう感じで。今まではワタシは演技とか出来ないって言って断ってたんだけど……」

ココがフッと口元を歪《ゆが》ませ、おどけるように言った。確か演劇部の現部長は本気で宝塚音楽学校の受験を検討しているような麗人系の三年生だったはずだ。最強の容姿を持ち合わせるココは、舞台の上でも十分に最強のヒロインに成り得るだろう。

「暇だし、ちょっとやってみようかなぁって気になってさ」

「暇、か」

「そう、暇なんだよ」

「ふむ……」

何となく、気になる理由だと思った。確かにココは部活には入ってないし、特別な習い事や予備校に通っているという話も聞かない。その代わり、空いた時間を趣味に費やすタイプというイメージだったのだ。

だが、彼女がオープンスクール実行委員を志したのも、そういえば『夏をあまり有意義に過ごせる自信がないから』――つまり『暇だから』という理由だった。

どうも今、ココは時間を持て余しているようだ。これは……ココの心境や、もしくは生活に何か変化でもあったのか？

「暇とは言うが、見たいアニメとか、やりたいゲームはないのか？」

訊いてみることにした。するとココは表情を少しだけ曇らせて、

「そっちはそっちで、ちゃんとやってるよ。でもワタシはアニメを一クールに何十本も完走するようなタイプじゃないし、ソシャゲだって結局は微課金だから限界あるし。今、一番やりたいゲームの発売日は文化祭の後だし。意外と余裕はあるんだ」

「時間的余裕があるわけか」

「大正解っ」ココが続ける。「だから、オープンスクール実行委員の仕事もばんばん投げてくれていいんだよ？」

「それはいいことを聞いたよ。では、思う存分扱《こ》き使わせて貰おうかな」

「ふふ。お手柔らかに、ね」

楽しそうにココがクックッと笑った。

「じゃあ、次に行こう。次は……ダンス部かな?」

ダンス部が普段練習している体育館裏の空き地に足を向けると、夏の大会に向けて部員達《たち》が追い込みを掛けている最中だった。

「園田《そのだ》ァ！　動きが小せぇ！　それじゃあ今回のテーマが全然消化出来てねぇだろ！　オイコラ、舐《な》めてんのか、勝俣《かつまた》！　バテんの早いって！　この前の大会の疲れ、まだ抜け切ってねぇのか!?」

「す、すみません！」「だ、大丈夫です！　まだいけます！」

叱咤《しった》しているのは二年男子リーダーを務める藤代亮介《ふじしろりょうすけ》だった。亮介は一人離れたところで腕を組み、五名ほどの男子グループのダンスを渋い顔でチェックしていた。

ダンスというと華やかでチャラチャラしたイメージが強いが、ハチコーダンス部に関して言うと、それは違う。

ダンス部は、伝統的にかなりの体育会系だ。

そもそもダンス部を創設したOBの好みがダイナミックで全身の動きを取り入れたパワフルなダンスだったこともあり、それを今でも受け継いでいるらしい。

　ダンスの練習だけでは飽き足らず、フィジカル面を強化するために部員に筋トレまで推奨しているらしく、ついに今年の予算を使って部室にフリーウエイトトレーニング用のパワーラックを導入したと得意げに亮介が語っていたのをよく覚えている。

「す、すごいんだね、男子のダンス部って」

「ん。ココはダンス部の踊りを見るのは初めてか？」

「こんなに近くで見るのは初めてかな。それにワタシ、ダンスは死ぬほど嫌いだし」

「そうなのか。女子は授業でも創作ダンスがあるだろう？」

「……そうだね。二年の初めから、五月ぐらいまでやってたかな」ココがその可憐《かれん》な容姿に似合わない、苦虫を噛《か》み潰したような表情で言う。「最後に皆の前で踊ったとき、すごい可愛《かわい》いって褒めてくれたんだ。でもね、ヒビキくん。ワタシは知ってるんだ」

「……なにをだ？」

「可愛いのは、ワタシの顔だけで――あのときワタシが最後に皆の前で披露したダンスはゴミ以外の何ものでもなかったってコト」

「…………」

「シズクちゃんは元々ラップ好きだから普通に踊ってたし、カナデちゃんは事務所から嗜《たしな》みでレッスンを受けさせられてるって言ってただけあって、すごく上手だったの。でもワタシは……ワタシのダンスは……。ワタシだって運動神経がそこまで悪いわけじゃないんだけどね。でも、ダンスだけは何故《なぜ》か無理なの。音ゲーも苦手だし、多分リズム感がないんだと思う。あの頃は体育の授業が本当に憂鬱だったなァ……」

遠い目をしたココが、深いため息をついた。

ダンスが得意そうな二人に挟まれ、どうやら創作ダンスの授業でココは見るからに相当な精神的ダメージを負ってしまったようだ。

実際、どんなにダンスがド下手でもココがやったから可愛かった——というのは紛れもない真実なのだろう。けれど、それを本人に伝えてもココの心の傷は癒えないはずだ。

「ん——お、来たな」

と、ここで俺達がやって来ていることに亮介が気付いた。亮介はパンッと一度、両手を打ち鳴らし、声を張り上げる。

「一旦休憩！　ちょっと待っててくれ！」

「「はい！」」

威勢の良い声を背中に浴びて、亮介がこちらに駆けてくる。

「響《ひびき》、ココ。来てくれてサンキュな。オレだけで話をまとめても良かったんだけど、一応二人にも実際に踊ってるところを見て貰った方が良いと思ってさ」

ダンスモードに入っている亮介は印象がガラリと変わる。

普段はヘラヘラしていることも多く、チャラい印象を抱かれがちだが、今の亮介は妙に自信に満ちていて、精悍《せいかん》な男前にしか見えない。

「（ココと同じで桐谷もダンス部に偏見を持っていたな……この亮介を見れば、もう少し印象が良くなるような気がするんだが……）」

不本意な形であったが亮介が桐谷に好意を持っていることが彼女に伝わってしまった。

だが、桐谷は……亮介のことを微塵《みじん》も「良い」とは思っていなかった。

俺も何となく気付いていたが、完全に脈無しだった。

カースト越えの恋は難しい。

相手のことを、そもそも恋愛対象だとすら思っていないケースが多く、だからこそ入念に関係を築いた上で想《おも》いを打ち明けるなどの遠回りが必要になるのだろうが——

それも今更な話だ。

一度、拗《こじ》れてしまった恋物語を修正するのは至難の業なのだから。

「すまないな、亮介。それで出演は大丈夫そうなのか？」

「ああ、もちろんＯＫだ。ただし——」亮介がゴホンと大袈裟《おおげさ》に咳払《せきばら》いをした。そして人差し指をピンと立て、言った。「一つだけ、条件がある」

「なるほど。たとえ親しき仲だとしてもタダでは受けられない、と」

「セコいね、リョウスケくん」

「正当な対価って奴《やつ》だ。決してセコくはない。ウダウダ言ってると協力してやんねぇぞ」

「むむっ……」

亮介の言葉にココが頬を膨らませた。演劇部の部長から対価として文化祭の出演交渉をされたことは納得出来ても、逆に身近な人間に対価を要求されると「なんで？」と思ってしまうのが人の心理という奴なのかもしれない。

「いいだろう。対価を要求するのは構わない。だが、何を要求するつもりで――」

と、そこでジャージを腰に巻いた女子が数名、視界の隅を横切った。

「「あっ！」」

俺の顔を見るや否や、彼女達は揃《そろ》って小さな悲鳴を漏らした。おそらくダンス部の部員であろうその子達は、背中を丸め、慌てた様子でその場を去って行く。

これは、いったい。

少なくとも見覚えがある子達ではなかったと思うが、この反応は……？

「今の子達、なんか変なリアクションだったね」

「ココもそう思うか」

「うん。なんだろう。ヒビキくんが来たことに驚いてるというのとは、なんかちょっと違う感じがしたね」

ココも彼女達の妙な挙動に気付いたようだ。小さく首を捻《ひね》り、不思議そうに言った。

と、亮介が申し訳なさそうに頭を下げながら、

「すまねぇな。今の子達はダンス部の一年なんだけど、女子の方は……まぁ、あっちはあっちで色々揉《も》めててさ。オレも詳しくはわからねぇんだけど、多分、部外者に過剰な反応してんのかもしれねぇ。ちなみに舞台の方は男子チームのいくつかに招集掛けて、参加させて貰うつもりだから多分問題ないはずだぜ」

「男子だけなんだ？　それって結構、オオゴトになってない？」

「ん。ああ……」亮介が口元を歪め、歯切れの悪い口調で続けた。「ちょっと色々あったみたいでな。で、うちのクラスの我藤《がとう》がいるだろ？　あいつのチームが、というか、女子のチームの空気が悪いっていうか、大会どうすんだって感じになってて――」

「……なるほど。我藤関係か」

我藤美紀《みき》。

彼女は俺達と同じ二年二組のクラスメイトであると同時にダンス部の二年女子リーダーを務めており、クラスカーストにおいても上位に位置する生徒だった。

そう――「だった」だ。

そんな我藤は今、目の前にいる亮介に好意を持っていたようで、度々アタックをしていたのだが、亮介はそれらを全て断っていた。しかし、ここで問題が起きた。亮介に好きな相手がいることが我藤にバレてしまったわけだが――その相手が最悪だった。

亮介の意中の相手が、桐谷羽鳥《きりたにはどり》だったからだ。

桐谷と我藤の間には因縁があった。といっても実際、その関係性は極めて一方的で、桐谷は我藤から陰湿なイジリ……いいや、虐《いじ》めを受けていたのである。

自分が虐めていた相手が、よりにもよって自分が狙っている相手の想い人だった――この事実に我藤は激怒したわけだ。

ダンス部の後輩を動員し、これまでの虐めからも一線を踏み越えるような直接的な暴力で桐谷を痛め付けようとした。

ただ、それは「とある介入者」の行動によって、何とか未遂に終わった。

寸前のところで、その蛮行は阻止されたのだ。

「(我藤の行動が裏目に出たのは、この後だ)」

我藤は桐谷を痛め付けるためにダンス部の後輩を引き連れていった。もし、あの襲撃が成功していたならば、「自分の好きな相手にちょっかいを掛けてきた相手を締めてやった」という武勇譚《たん》にしただろうし、我藤が亮介を今後も狙っていく上で絶好の後押しとなったはずだった。

だが実際はそう上手《うま》くはいかなかった。

我藤の計画(と言えるほど理性的な行動だったかは疑問だが)は頓挫した。そして彼女にとって最も裏目となったのは、アレがあくまで我藤と桐谷の問題でしかなかったところに、後輩を巻き込んだことだ。

——我藤がやっていたこと、やろうとしたことが全てダンス部内で露呈した。

いくら我藤が後輩達に口を噤《つぐ》むよう圧を掛けたとしても、やはり人の口に戸は立てられない。あっという間に噂《うわさ》は知れ渡ってしまった。

その結果として起こったのが——部活内でのカ、ー、ス、ト、ク、ラ、ッ、シ、ュ、だった。

当たり前だがダンス部の女子全員が虐めに肯定的なわけではない。我藤が過激な虐めをしていたことに眉をひそめた者もいれば、実力行使に出て失敗したことがダサいと認識した者もいたし、恋敵に手を出そうとしたこと自体を嘲笑する者もいた。

また、これらの情報を俺に率先して伝えてくれた話し好きの後輩によると、件《くだん》の介入者と徹底的に拗れてしまったことから我藤を煙たがる人間もいたようだ。

結果として、我藤はダンス部内での地位を失った。

勿論《もちろん》、学校に来てはいる。

だが、今までと比べて教室内でも明らかに今の我藤は覇気がないし、部活内ではもはや彼女の言うことを聞く人間は誰もいなくなってしまったらしいのだ。

それがつまり、今のダンス部女子の現状なのだろう。

二年女子のまとめ役だった人間が求心力を失い、そのままダンス部女子はリーダー不在の状態で大会を迎えつつある、と。

「……っと、悪かったな。あまり関係ない話を聞かせたりして。とにかく、責任持って男子の方は舞台の仕事、やらせてもらうぜ。けど――」

亮介の言葉を遮り、俺は言った。

「わかってる。条件があるんだろう。で、結局何をしろと？」

「お、おう。それなんだけど……」

一瞬、黙り込んだ亮介が練習着のポケットからスマートフォンを取り出した。そして画面をじっと眺める。なにかを深く思案しているような、そんな表情で。

それを見て、俺はピンと来た。

もしや亮介《りょうすけ》の要求とは——

「……あ、そっか。な、なぁ薬師寺《やくしじ》。ちょっと席を外してもらえるか？」

不意に亮介が言った。

「えっ？」

「これについては響とだけで話したいんだ」

「男の子だけの話ってこと？　えっと、それは別に構わないけど……」

「すまないな、ココ。そういう話らしいから先に次の部に行ってきて貰《もら》えるか？」

「うん。わかったよ。ええと、次は——吹奏楽部だよね？　了解」

訝《いぶか》しげに首を捻りながらではあったものの、ココは去っていった。ココの小さな背中を見送ったのち、亮介がため息交じりに話し始める。

「……悪いな、響。けど、こうでもしなけりゃ——」

「今更ココを遠ざけても、どうせバレるぞ」

「へ？」

「当ててやる。この前言っていた『メッセージグループ』のことだろう。桐谷と俺、奏《かなで》、静玖《しずく》、ココが入っていて、お前だけ入っていないグループがある。そこに自分も加えてくれないか——そういう話じゃないのか？」

「すげぇ……エスパーかよ、響。まさに超人だぜ……」

「何を馬鹿なことを。お前が妙にメッセージアプリのグループに拘《こだわ》っていたのを変だと思っていただけだ。それに……お前、あんなことがあったのに、まだ桐谷のことを諦めるつもりはないんだな」

「ねぇよ」

亮介が即答した。

「羽鳥ちゃんはオレがついに見つけた運命の相手なんだ」

「……俺が言うのもなんだが、かなり脈薄というか、脈なしに近いと思うぞ？　奏も言っていただろう。『桐谷さんはダンスやってる陽キャがこの世で一番苦手』と……」

「は、羽鳥ちゃんはダンスのことを誤解しているだけさ……」

「本当に誤解で済むのか？　例えば同じオタクのココもさっきの通り、もはやダンスに嫌悪感すら抱いていたが……」

「大丈夫だっつーの！　大体、今更、諦められるかよ！　マスクを取った羽鳥ちゃんの可愛《かわい》さは日に日に増してんだぜ！　それもお前とか牧田《まきた》が色々アドバイスしているおかげなんだろうけど……大問題なのは、そのことに他の連中も気付きつつあるってことだ！」

亮介が声を張り上げた。

「知ってるか？　この前、羽鳥ちゃんが机から消しゴムを落としたんだ」

「……消しゴムぐらい誰だって落とすだろう」

「バカッ、人をとんでもないアホを見る目で見るんじゃねぇっつの！　とにかく、響は知らねぇってことだな。この話には続きがあるんだよ。いいか、聞いて驚け——なんとその落とした消しゴムを……鈴木《すずき》の野郎が、羽鳥ちゃんに拾ってあげたんだよっ！」

「……ほう」

――消しゴムぐらい誰だって拾ってやるだろう、とは思わなかった。

なぜなら、それは相手を選ぶ行為だからだ。

残酷なたとえをするなら、クラスで人気のある女子が何かを落とせば、まるで甘味物に群がるアリのように周囲の働きアリ《男子》が、それを女王の元《持ち主》へと持って来る。

だが、冴《さ》えない女子が同じことになった場合――大概の男子は、それを見なかったことにする。無償の労働は生まれない。

今までの桐谷羽鳥は、紛れもなく後者に属する女生徒だった。だが、この亮介の話を聞く限りでは――

「早いな。もう桐谷への認識が変わった男子が出て来たか」

桐谷羽鳥は、ほんの少しだけ、変わった。

口元を覆っていた黒のウレタンマスクを取り、素顔を晒《さら》して学校に来るようになったというのは非常に目を引く変化だし、おしゃれに気を遣うようになった彼女が日に日に輝きを増しているのは紛れもない事実だ。

皮肉にも俺と奏が破局を迎えたことでクラスの話題を横取りしてしまった感はあると思うのだが、マスクを取った桐谷の素顔が普通に可愛いことは、少しずつクラスの中で話題になりつつあるようだ。

「そういうことだよ。そりゃあ羽鳥ちゃんはどう見ても可愛いからな。こいつは当然の流れさ。誰よりも最初にオレがあの子の魅力に気付いたってのにさ」

「だからこそ、後れを取るわけにはいかない、と」

「……ああ」

亮介の気持ちは痛いほど分かる。

きっと亮介は怖いのだ。桐谷が輝きを増しているということは、それに魅せられる人間も増えるということだ。もし、どこからか新たに出て来た人間に、桐谷の心が奪われでもしたら――真っ先に桐谷に好意を抱いていた亮介としては、やり切れない気持ちになるに違いない。

だから、何とかしてお近づきになる方法を探しているのだろうが――

「だがな、亮介。お前を追加したら桐谷自身が気にするんじゃないか」

「えっ。あ……」

「彼女はお前が自分のことを好きだと知っている。直接的な告白こそされていないとしても、相当やりにくい相手なのは変わらないだろう」

「っ……」

「それと追加で、そんなことをしたらおそらく事情を知っている奏がキレるだろう。あいつは桐谷のことを弟子のようなモノだと思っていて結構過保護なんだ。ココだって、さっきのやり取りの後にお前がいきなりグループに追加されたら事情を察するだろうしな。そして、そういう露骨なやり取りに誰よりも敏感なのが静玖だ。つまり――」

俺は言った。

「お前をグループに加えると、確実に他の皆にもお前の気持ちはバレるし、追及されることは確実だ。本当にそれで亮介はいいのか？」

「う、ぐぐっ……!?」

「つまり、回答としては、ノーだ。あのグループにお前を加えることは出来ない」

「そ、そうか……」

「ああ。すまないな……」

亮介が悲しそうに視線を落とした。がっくりと項垂《うなだ》れ、後輩を叱咤《しった》していた先ほどまでの覇気に満ちた表情は消え失《う》せてしまっている。

「じゃあ、しょうがねぇ！　こうなったら、ステージで挽回《ばんかい》するっきゃねぇな！」

――と、思ったのだが。

「変なこと頼んじまってすまねぇな、響《ひびき》。今のは忘れてくれ。条件を変えさせてもらってもいいか？」

「それは構わないが……」

「よっしゃ！　安心してくれ。もう変なことは頼まねぇよ。それでさ。去年、舞台に立った先輩達《たち》も言ってたんだけど、オープンスクールってのは在校生も参加……っていうか、ステージの観覧は出来るんだろ？　体育館の後ろの方で見る、とか」

「ん。ああ、フランクな場だからな。中に椅子は並べるが、入学式や卒業式のように入退場が一切出来ない雰囲気ではないはずだ。在校生の観覧も、そうだな。おそらく可能だと思う」

そうか。亮介の新たな条件というのは――

「もしかして……新しい条件というのは『桐谷《きりたに》をオープンスクールに呼んでくれ』ということか？」

「おう。響と薬師寺は実行委員だし、確か千代田《ちよだ》もＥＳＳのスピーチか何かで駆り出されるんだろ？　あいつが舞台に立つかは知らねぇけど。羽鳥《はどり》ちゃんも来る理由が全くないってことはないと思うんだよな。そりゃあ特に用事もないのに夏休みに学校に来るってのは、そこそこ面倒なことだろうけど……」

「……で、やって来た桐谷にステージを見てもらう、と？」

「ああ。どうも羽鳥ちゃんはダンスを誤解してるっぽいだろ？　羽鳥ちゃんが『ダンスやってるような陽キャ』が苦手なのは仕方ねぇ。けど、ダンス自体に罪はねぇからな。別にダンスは誰にも危害を加えたりしねーし、そこまで毛嫌いされるようなモンでもねーと思うわけだよ。むしろ、なんだ。オタク系っつーの？　ああいうジャンルでもアイドルとか音ゲーとか、そこら中にダンスは溢《あふ》れてるわけだし、親和性は結構高いとオレは踏んでるんだ。オレもダンサーの端くれだし、ダンスの名誉挽回の機会を貰いてーんだわ」

亮介が強い眼差《まなざ》しで俺の方を見た。

そこまで言われて、断る理由はなかった。

「了解だ。桐谷には声を掛けておく。ただ、既に何か用事があった場合は――」

「ああ、そこは仕方ねーからな！っしゃあ、やる気が出て来たぜぇえ！　千載一遇のチャンス到来だ！　すまねぇな、響。オレは練習に戻るぜ！」

「ああ。こっちこそ手間を取らせてすまなかった」

「構わねぇよ。むしろ、オレの方が礼を言いたいところだ――ぉっし！　『チーム・プレデター』集合！　練習再開すっぞ！」

嬉々《きき》とした表情でガッツポーズをした亮介が奥の方で休んでいた一年生達に声を掛けた。ぐるぐると右腕を回しながら去っていく亮介の背中を見ながら、俺は頼もしい友人を持ったことを誇りに思うのだった。

▲　△　▽　▼

吹奏楽部の本拠地である音楽室に向かおうとしたところで、スマホに着信があった。

送信者はココだ。文面には、

『吹奏楽部の部長さんとのアポ、難しいかも』

という少し困った内容の報告が書かれていた。俺はココとすぐにメッセージのやり取りを始めた。

『光永《みつなが》さんは？』

『見つからない。吹部ってパートごとに分かれて練習するしね』

『トランペットの音で見つけられないか？』

『さすがに無理ゲーです』

光永優香《ゆうか》。

同じくオープンスクール実行委員会に所属する生徒であり、この前の会合では突発的な意見を口にして去年同じクラスだった山寺美里《やまでらみさと》に強く窘《たしな》められた女生徒だ。

あの後、俺達は連絡用に「オープンスクール実行委員」というメッセージグループを作成した。携帯を持っていない生徒は一人もいなかったし、光永さんも含めて十六人の生徒全員にこのグループに入って貰っている。

つまり、静玖にESSへの依頼を頼んだのと同様に別個で光永さんに連絡を取り、吹奏楽部に話を通して貰うことも可能だったわけだ。

だが、俺はそうはしなかった。

光永さんはメッセージグループに参加こそしたが、未《いま》だに一度も発言はしていない。あんなことがあった後なので、やはり気まずく思っている部分もあるのだろう。

ただ、一番の理由は他にあった。

——俺に対して、光永さんが明確に「心の壁」のようなモノを持っているからだ。

実はあの会合のあと、会議室を出て行く光永さんをフォローしようと、俺は彼女に声を掛けたのだ。だが、彼女は俺の顔を見るなり、すぐに顔を逸《そ》らした。それで終わりだ。他の言葉はなかった。

その仕草は明確な拒絶であり、そこに付け入る隙は一切ないのだと俺は確信した。

光永さんのためにもこちらからの接触は極力控えたい。

だが、彼女が吹奏楽部であり、オープンスクール関係の話し合いをしなければいけない以上、それをゼロにすることはとても難しかった。

『ココは今、どこにいる？』

『音楽室の前……あ』

『どうした？　なにかあったか？』

『なんとかなるかも。ヒビキくん、ちょっと早く来て』

——どうやら何か進展があったようだ。

俺は足早に音楽室へと向かった。体育館裏にあるダンス部の練習場から吹奏楽部が活動している音楽室までは、駆け足で三分ほど掛かった。わずかに高鳴る心臓の鼓動を身体《からだ》で聞き流しながら、俺は急いで階段を上り、音楽室へと辿《たど》り着いた。

「あっ。ヒビキくん、やっと来た。こっちこっち！」

「ご、ご無沙汰してます。月村《つきむら》先輩」

ココと、そしてもう一人。

一瞬、なぜ彼女がそこにいるのかと目を疑ったが、すぐに本人からではなく、別の人物から該当する情報を入手していたことに気付いた。

そうだ。奏《かなで》が言っていたんだった——直近で俺に告白してくれた一年の女子、橋爪凛《はしづめりん》さんは吹奏楽部に所属している、と。

「……それもそうか。橋爪さんは吹奏楽部だったものな」

「えっ？」

橋爪さんが大きく目を見開いた。

髪型はわずかに明るい色に染めたガーリーな印象を強調するレイヤーカット。

そして何と言っても彼女はとにかく姿勢が良い。背は低い方なのだが、それを全く感じさせないくらい佇《たたず》まいに存在感がある。

俺はてっきり茶道か何かをやっていると思っていたが、彼女の姿勢の良さは吹奏楽で鍛えられたモノだったようだ。

「つ、月村先輩、私が吹奏楽部だってこと、ご存知だったんですか？」

「告白されたときは知らなかったよ。ただ、その後にちょっと小耳に挟んだんだ」

「そうなんですか……こ、光栄ですっ……！」

口元をくしゃりと緩め、本当に嬉《うれ》しそうに橋爪さんが顔を赤くし、俯《うつむ》いた。

それを見て、俺はああ、と思う。

——やっぱり橋爪さんは俺のことを全然諦めていない、と。

こんな表情、想《おも》いを寄せている男以外に見せるわけがないのだ。それと同時に奏と静玖《しずく》に言われた台詞《せりふ》が脳裏をよぎった。

『響は告ってきた子に酷《ひど》い断り方とか絶対にしないでしょ。もうそれだけで脈は残るの』

『響ってば告白を断ってるはずなのに、むしろ更に好きになられてるでしょ？』

この両方の台詞に対して、俺は「そんなことはない」と曖昧な返事をしたはずだ。

だが、結果はどうだ。

紛れもなく二人の言う通りじゃないか。まさか橋爪さん以外の子達も、同じようにまだ俺のことを想ってくれているのだろうか……。

「ふふふ。愛されてるねぇ、ヒビキくん」

そんな橋爪さんを見て、ココがくすりと笑った。橋爪さんは何も言わず、更に顔を真っ赤にする。俺は小さくため息をついて、

「……ココ。そういうイジり方は失礼だぞ」

「別にいいんじゃないかな。だってハシヅメさんがヒビキくんのことを好きなのは、皆知ってるんだし。それよりも、委員の仕事！　音楽室の中、今、誰もいないの。困って部室の前をうろうろしてたら、ハシヅメさんと会っちゃって。ワタシもハシヅメさんのことは知ってたから、ちょっと話を聞いたんだ。そしたら——」

ココがちらりと彼女が腕に抱えていた楽器を見やった。

それには、俺も気付いていた。吹奏楽部が扱う楽器、特に金管楽器は種類が多く、全く知識のない素人には区別が付かないものも多い。

けれど、その楽器だけは、別枠だ。

その楽器の名前を知らない人間はそうそういない。あまりにも有名で、ブラスバンドの花形とも言える、その名前は——

「(橋爪さんも、トランペットだったのか……！)」

それは光永優香が吹奏楽部で演奏している楽器と同じだ。吹奏楽部は大所帯であり、同じ部活といえど関係性が薄い相手も多いだろう。

——だが、パートが同じならば？

橋爪さんが言った。

「今日は全体練習はない日なんです。やっぱり期末が近いので。でも吹奏楽部がオープンスクールで演奏することでしたら既にスケジュールに組み込まれていたと思います。明日なら部長も副部長もいますし、期末前最後のミーティングなので、丁度いいタイミングだと思います。もしくは……僭越《せんえつ》ながら、わ、私がオープンスクール関係の話を全て聞いて、部長達に繋《つな》ぐというのも、か、可能だと思いますっ。私、こう見えて、吹部一年のまとめ役をやっているので……」

「ふむふむ……どうする、ヒビキくん？　好意に甘えちゃうのもいいかもね」

ココがにんまりと笑って俺の方を見た。

人の恋バナを安全地帯から一方的に弄《いじ》れることほど楽しいことはそうそうないのだろう。

ココはまるで静玖が憑依《ひょうい》でもしたかのようなウキウキの表情をしている。

弄られる方の身にもなってくれとは思うが……まあいい。

「せっかくの申し出なんだが、ここは遠慮させて貰《もら》うよ。橋爪さんもテストが近いだろうからね。一年生は初めての期末だろうし、うちの学校のテストは難しい。この時期に余計な負担を増やすようなことは出来ないよ。明日、出直させて貰おうかな」

「そ、そこまで私の心配をしてくださるなんて……わかりました！　それでは部長と副部長には、明日、月村先輩がいらっしゃると伝えておきますっ！」

橋爪さんが輝かんばかりの笑顔で俺を見上げた。

「ああ、よろしく頼む。そういえば……それ以外にも一つ訊《き》きたいことがあるんだが、大丈夫かい？　橋爪さんはトランペットをやっていると思うんだが……」

「は、はい！　次のコンクールから一応、レギュラーとして舞台に上がれるようになったので……オープンスクール当日も月村先輩に演奏を聴いて頂けると思います」

橋爪さんの輝きがどんどん増していく。

大丈夫か、月村響《ひびき》。お前は自分でも気付かないうちに、下手な期待を彼女に抱かせてしまっているのでは――？

「そ、そうなのか。楽しみにしておくが……ちなみに、光永優香さんという子も吹奏楽部だと思うんだが、橋爪さんは知っているかい？」

「……光永先輩ですか？　えっと、は、はい。二年生で、同じくトランペットのレギュラーの先輩ですが……」

光永優香の名前を出した瞬間、橋爪さんの表情が曇ったのを俺は見逃さなかった。

この顔は、間違いなく――なにかある。

「実は光永さんもオープンスクール実行委員に選ばれたんだ」

「えっ。そうなんですか？　初めて知りました……でも委員の仕事がありますよね？　当日の演奏、どうするんでしょうか……」

「それは俺もまだ知らないんだ。というのも、今日、吹奏楽部に俺が行くことは委員会のメッセージグループで伝えたんだが、光永さんから特に反応はなくてね。吹奏楽部がオープンスクールに参加することを予定に組み込んでいたのも、今初めて知ったんだ」

「それは……困りますね」

「ああ。だから、橋爪さんから、ちょっと光永さんのことを聞ければと思って。あまり知らないなら、構わないんだが――」

「よくは知らないんですが、どういう人なのかは、わかるかもしれません」

そう言って橋爪さんは難しい顔をして唇をきゅっと結んだ。先ほどまでの喜びに満ちた表情は煙のように消え失《う》せてしまっていた。

――この後、彼女の口から好意的な言葉が飛び出す未来なんて、決して想像出来ないほどに。

わずかな空白ののち、橋爪さんが慎重な口調で話し始めた。

「月村先輩は『スクールカースト』って言って、すぐわかるでしょうか？」

「もちろん」

俺は即答した。

「よかったです。それで、その……月村先輩はスクールカーストで言うと、物凄《ものすご》く高いところにいると思うんです。それは、一応……お恥ずかしながら、私もそうみたいでして」

吹奏楽部一年のまとめ役かつレギュラー。

そして、この可憐《かれん》な容姿に加えて、言葉遣いも巧みで、頭も良い。おそらく友達も多くて人望もある——紛れもなく彼女も上位カーストに属する人間だ。

橋爪さんが続ける。

「…………光永先輩は、カーストが高い人間に心を開いてくれない人です。少なくとも私にはそう見えてしまっています」

「カーストが高い……と言っても、橋爪さんは後輩だろう？　いや、だが——」

先輩と後輩。

つまり、これは年功序列とスクールカーストの問題でもある。

先輩はスクールカーストが低く、逆に後輩はスクールカーストが高かった場合、その両者の関係性はどうなるのか？　興味深い話だ。だが、これぱかりはケースバイケースとしか言いようがないようにも思えるが——

「だとしても、光永さんはカーストが高い人間は嫌いなようなので……。私達《たち》はパートが同じなので入部した当初は話す機会も多かったんですが……私がそっち側の人間だってことに気付いたのか、いつの間にか疎遠になっちゃって……」

「……直接なにか言われたりはしたのか？」

「そういうわけでは」

　橋爪さんは「でも」と強い語句で言葉を区切り、すぐに話し始める。

「光永《みつなが》先輩が壁を作っていること、距離を取っていることは、すぐにわかりました。そこそこいるので、そういう人は……月村先輩は、覚えがありませんか」

「というと？」

「私達が話し掛けると、なんでお前みたいなカースト高い人間がわざわざ自分なんかに声を掛けてくるんだ──みたいな顔をする人達のことです。私もそういう経験は何度かしてきたので、ピンと来てしまったというか……」

　橋爪さんはジッと手に持ったトランペットを見つめ、言った。

「……光永先輩のトランペット、とっても綺麗《きれい》な音なんです。うちの学校で一番上手《うま》いのはあの人だから……私は、それを普通に聞いていられるような……普通の先輩後輩になりたかった。カーストなんて、教室を出たらもういいじゃないですか。どうして音楽室の中でまで、こんなくだらないことで悩まないといけないんでしょうか……」

　そして橋爪さんはゆっくりとトランペットを持ち上げ、窓の方に向けて、真《ま》っ直《す》ぐ構えた。

　一拍の間を置いて、大気が鳴った。わずかに茜色《あかねいろ》が差し込んだ空を物憂げに見つめる彼女の瞳はどこか虚《うつ》ろで、響く音は豪快でありながら、少しだけ不安げにも聞こえた。

悲しい音だ。

彼女が俺に告白して、涙を流していたときよりも、おそらく、ずっと。

桐谷羽鳥

「(まだこの時期も吹奏楽部は練習してるんですねぇ)」

校舎の別棟から唸《うな》るようなトランペットの音が聞こえて来て、わたしは何となくそんなことを思った。

期末テストまで、あと約一週間だ。

具体的にはあと九日なので、明後日《あさって》からハチコーは全部活が強制的に活動休止となり、学生の本分とされている学業に勤《いそ》しむことになる。帰宅部のわたしには特に関係ないが、赤点を取った者は補習が終わるまで部活への参加を禁止されるとか何とか。

――ちなみに帰宅部の人間が赤点を取った場合は、鬼の夏期補習強制参加が待っている。

うちは伊達《だて》にトップ進学校ではないということだ。

学年の下位層であっても最低でもマーチぐらいは受かって貰わないと困るという圧力をひしひしと感じる。

だが、これもうちの学校の特徴というか何と言うか……みんな、自分が勉強していることをあまり周囲にアピールしないのである。湖で泳ぐ白鳥のように見えないところでバタ足をすることが求められるわけだ。

だから期末前に部活が出来る最終日とはいえ、推奨下校時間をとうに過ぎたこの時間にトランペットを吹いている人間がいることに、わたしは少し驚いた。

そんな人は、きっと学校の成績が相当良いはずだ。

授業内小テストの結果が芳しくなく、期末テスト対策として「七時間目」の授業を強制的に受けさせられたわたしのような人間とは住む世界が違うのだろう。

「(月村《つきむら》さんに白い目で見られないためにも、早く帰って勉強しないと……)」

週末にわたしは月村さんと牧田《まきた》さんと一緒にテスト勉強をすることになっている。その時に変わらず、あっぱらぱーのままだった場合、きっと月村さんはわたしに失望するに違いない。

だって、わたしの取り柄は「変われること」ぐらいだろうから。

月村さんにドSな視線と声で蔑まれたいという欲求もそれなりにあるのだが、Mな感覚に酔いしれてばかりはいられない。

勉強だって、それなりにこなさなくてはならない。一つだけ不幸なのは、月村さんの学力があまりに高過ぎて、わたしの中に「頑張って同じ大学を目指すんだっ」という欲が微《み》塵《じん》も湧いてこないことだ。わたしの志望校は月村さんの滑り止め校ですらない。

自分に気合いを入れ、力強い一歩を踏み出したわたしはリノリウムの廊下をぱたぱたと進み、昇降口へと向かった。

そして、そこには先客がいた。

「あ……」

クラスメイトではない。二年二組の下駄箱《げたばこ》は二年一組の下駄箱と向かい合わせになっている。隣のクラスの子だ。

かといって、全く面識がないわけではない。

彼女は――かつてのクラスメイトだ。

「光永さん」

「え」

黒く長いストレートの髪、わずかに垂れ目気味になった目。そこにいたのはつい先日、月村さんと話していたときに話題に出た光永優香《ゆうか》さんだった。

光永さんは今まさに上履きをしまってローファーを取り出そうとしているところだったようで、わたしに声を掛けられたことで肩をびくんと震わせた。

そして彼女はマジマジと、わたしの顔を覗《のぞ》き込むように見つめた。

僅かに首を横に傾《かし》げた。

たった数センチの動作。けれど、その些細《ささい》な動きだけで、彼女が何を考えているのかわたしには全て分かってしまう。

――誰だろう、この人。

　わたしはすかさず言った。

「今はマスクしてないから、わからないかもしれません」

「マスク？」

　光永さんが片眉を上げた。瞬間、あっ、と口を大きく開くと、

「……もしかして、桐谷《きりたに》さん？」

「はい。そうです」

「ああ……」

　光永さんが尾を引くような声を出したのち、改めてこちらをじっくりと見つめた。

「マスク、外して学校に来るようになったんだ」

「ええ。最近になってから……」

「そっか。桐谷さんって、そんな顔、してたんだね」

「は、はい。まぁ……」

　光永さんの視線は、わたしをまるで値踏みしているかのようだった。

　なんとなくわたしはイヤな気持ちになって、肩に掛けていたスクールバッグのショルダーストラップをぎゅっと握り締めた。

　牧田さん達に選んでもらったこの鞄《かばん》が、わたしに小さな勇気を与えてくれるような気がしたからだ。

「この時間ってことは、桐谷さんも補習だったの？」

「はい。数学でした」

「そう。私は英語」

「な、なるほど……」

「「……」」

——早速の沈黙である。

どうしよう。全く会話が弾まない。

早くも微妙な空気が流れ始めていることからも明白だが——わたしと光永さんは別に去年のクラスで特別仲が良かったわけではないのだ。

光永さんは部活系女子。

対して、わたしは趣味型のオタク系女子だ。

ぶっちゃけ、そこに接点は大してなかったのである。

とはいえ席が近かったこともあって多少の会話はした覚えがあるし、今年になってからは一組と二組合同で受ける授業では、そこそこ顔を合わせたりもしている。

わたし達は普段ならば顔を合わせても、せいぜい会釈で済ませる程度の人間関係なのだ。

なのにわたしは——彼女に話し掛けてしまった。

それは間違いなく、昨日の月村さんとの会話で光永さんの話題が出たからだろう。月村さんは光永さんの発言について、色々と考えている様子だった。

そこでわたしは思ったのだ。

もしかしたら、わたしが月村さんの役に立つことが出来るかもしれない、と。

――光永さんは、変わった人だ。

去年の一年二組は山寺美里《やまでらみさと》が絶対的なトップだった。

男子のトップには芥川《あくたがわ》さんというサッカー部の男子がいたけれど、彼も山寺さんの底知れないパワーと理知的な思考には敵《かな》わなくて、基本的にクラスのことは全て山寺さんが決めていた。まだ履修範囲ではないけれど、その君臨っぷりは世界史の用語をとって「絶対王政」などと呼ばれることすらあったほどだ。

そんな女王・山寺美里を度々悩ませたのが、光永さんだった。

光永さんは議論のとき、しばしば山寺さんの意見の対案を出す人だった。ただ、それが本当に「対案」と言えるほど立派な形をしていたかというと……かなり疑わしい。

基本的に、光永さんはフワッとしたコトしか言わないのだ。

そういうのを「フラッシュアイディア」とか言うらしい。

実際、時にはわたしも似たことを思いついていたが結局口にはしなかったような考えを、光永さんが発言することもあった。

けれど、それはやっぱりフワフワで、曖昧で、山寺さんが即座に提案するような、整っていて理知的なアイディアとは比べ物にならなかった。そんな意見ですらない意見は、当然、いとも容易《たやす》く山寺さんに叩《たた》き潰された。何度も、何度も。わたしはソレを見て、自分の考えが否定されたようなブルーな気持ちを味わった。

でも、傍《はた》から見ると、光永さんの発言は、大体「お邪魔」なのである。議論を引っ掻《か》き回しはするが、その責任を取らない。

いや――取れない。

とにかく、光永さんは大体言いっ放しなのだ。そして、わたし達《たち》の頭上に君臨していた山寺美里は決して「優しい王様」などではなかった。彼女はアイディアの卵を拾い上げて、丁寧に孵化《ふか》させてくれるようなタイプのリーダーではなかったから。

「……じゃあ、私はこの辺で」

会話が途切れ、気まずい空気が流れる。一緒に歩いて校門まで行くのすらキツいと言わんばかりに光永さんが下駄箱から自分のローファーを取り出し、わたしに背中を見せた。

いけない。これではわたしが話し掛けた意味が何もない。

何か、話のタネになるモノは――そうだっ！　さっき聞こえたトランペット！　光永さんも吹奏楽部でトランペットを吹いていたはず！

「そ、そういえば、さっきトランペットの音が聞こえましたが……吹奏楽部はまだ練習があったりするんですか……？」

「……」

ぴたり、と光永さんが足を止めた。そしてゆっくりと後ろを振り向くと、

「あの音……練習してた子は、すごく頭が良いの。一年生なんだけど、わたし達とは別の世界に住んでいるような子だから、ギリギリまで練習していても大丈夫なんでしょうね」

「え。音だけでわかるんですか？」

「わかるわ。入学してから少しの間は、私が指導していた子だから」

そして顔を顰《しか》めて、ぼそぼそとした震える声で言った。

「でも、もう、あまり話してはいないのよ。やっぱり、住む世界が違うから。私はあまり頭が良くないし、関わらない方がいいと思って……身を引いたの」

「な、なるほど……」

「……多分、こう言えば誰だかわかるかも。この前、二組の廊下の前で、月村君に告白した一年の子よ。あの子、吹奏楽部のホープなの」

「ななな っ——!?」

もちろん、そう言われればわたしも全てが理解出来た。

確か彼女は「橋本……」的な感じの名前で、一目でハイスペックかつハイカーストだと分かる、本当に可憐《かれん》なルックスをした一年生だった。

つまり同じく月村さんに好意を寄せるわたしからすれば、恐怖の塊でしかないのだ。

あのとき、わたしも月村さんが告白されるのを雑踏に紛れて見ていたが、本当に気が気でなかった。絶対に有り得ないとは思ったが——それでも、月村さんがイエスと答えたらもう死ぬしかないと思っていた。

でも、さっきトランペットを吹いていたのがあの子だとすると……そうか。

だから光永《みつなが》さんは——

「彼女、ちょっと顔立ちが山寺さんに似てましたね……」

「……そうね」

光永さんがわたしに顔を見せず、小さく頷《うなず》いた。

そしてぽつり、ぽつりと語り始めた。

「実は……私、オープンスクール実行委員になったんだけど、そこでもあの人と鉢合わせしちゃって。それで、またやっちゃったの。思いついたことをやっぱり黙っていることが出来なくて、でも結局それはフワッとした曖昧な意見でしかなくて――山寺さんに議論を搔き乱すなって叱られちゃって」

「……」

「仕切ってくれる人達に全部任せるのが一番楽なのはわかってるんだけどね……でも、やっぱり、それだけだと何かが足りない気がするの……それが何かわかってないのに発言だけするから、私は『考え無し』とか言われちゃうんだろうけどね……」

そう言って、光永さんは改めてわたしの方を見た。

わずかに茜色《あかねいろ》に近付いた空が昇降口の窓枠から垣間見《かいまみ》えた。ほのかに赤らんだ光を背負って、光永さんが少し頭を下げる。

「愚痴みたいなこと言っちゃって、ごめんなさい。今までお互い、こんなに話したことなかったのに面倒臭かったでしょ」

「い、いえっ、そんなことは……！」

「いいの。わかってるから」

そう言って、光永さんはかすかに口元を歪《ゆが》めた。

「……！」

わたしは息を呑《の》んだ。今、嬉《うれ》しかったり、楽しかったりしたから光永さんが笑みを浮かべたわけではないことを即座に理解したからだ。

これは自嘲の笑みだ。

光永さんは、捨て鉢になっている。色々なことがイヤになっている。けれど――それでも、今までの自分を変えることが出来なくて、苦しんでいるんだ。

だから、わたしは何か言わなければならないと思った。

今のわたしは、少し前の桐谷羽鳥《はどり》じゃない。

今まで、わたしの声はウレタンマスクに遮られて、しっかりと相手に届くことはなかった。けれど今は違う。わたしの口元には厚さ数ミリの壁はなくて、口にしたことは空気を伝って、全て目の前にいる相手に伝わるのだ。

あの人が、わたしにマスクを外す勇気をくれた。わたしにはわかる――あの人なら光永さんの絶望を、絶対にそのままになんてしないことが。

わたしは、言った。

「――月村《つきむら》さんは、違うと思いますよ」

「月村……？」

「はい。あの人は山寺さんとは全然違うタイプのリーダーです。オープンスクール実行委員の委員長が月村さんになったってことは……多分、月村さんは光永さんの意見に、誰よりも深く寄り添ってくれるはずです」

半ば確信している。

実際、月村さんは光永さんの発言を重く受け止め、そこから現状を打破するための突破口がないかと模索していた。それを光永さんは知らないのだ。だから——

「……本当に、そうだといいんだけどね」

光永さんが、フッ、と息を小さく吐いた。

そして手に持っていたローファーを投げるように地面へと置く。たたん、という堅い音が二つ、連続して鳴った。

「ねえ、桐谷さん」

光永さんが、少しだけ口元を緩めた。

「あなたなら、凛《りん》とも戦えるかもしれない」

それは今までずっと光永さんがしていた顰《しか》め面《つら》とは、まるで別物だった。

おどけるような笑顔。

「へ……？」

「橋爪《はしづめ》凛。吹部の一年の子。あの子、見ての通り、とんでもなく可愛《かわい》いけど——マスクを取った桐谷《きりたに》さんの素顔も悪くない気がする。そもそも月村君がすぐに新しい彼女を作る気があるかなんてわからないけど、望みは……ゼロじゃないかもね」

▲　△　▽　▼

ダンス部を訪れたのち、俺とココは美術部に行って、オープンスクールに作品を展示してもらう約束を取りつけた。あまり人通りが多過ぎる場所に作品を置くのには難色を示したので、学校案内のときに必ず通過するであろう一階の廊下にその日だけ特別展示スペースを設けることで意見が一致した。

他の部の情報も、続々と入って来ている。

ＥＳＳは静玖《しずく》ではなく、木原《きはら》さんがスピーチをやるそうだ。ハチコーを志望する中学生は学業に対する熱意がとても高いが、さすがに今の時点で英語のスピーチを聞き取れるとは思わない。が、少なくとも雰囲気だけは伝わるだろう。

演劇部は場に合わせて場面転換があまりない劇をやってくれるそうだし、ダンス部は男子のチームが四つ、それぞれ二分半ずつのステージを連続で披露してくれるそうだ。桐谷にダンスを見せるために亮介《りようすけ》は早くも燃えに燃えているようだ。

吹奏楽部についても橋爪さんの計らいで明日、部長と当日の段取りについて打ち合わせをすることになっている。吹奏楽部は元々オープンスクールでの演奏をスケジュールに組み込んでいただけあって、そつなく話し合いは纏《まと》まるだろう。

少しずつ、オープンスクールに向けた準備が進みつつあった。

そしてその進捗を確認する度に、俺は思うのだ。

――ステージで行われるパフォーマンスのクオリティだけならば、これは決して悪いイベントにはならないのではないか、と。

「委員会の士気の低さと、あまりにギャップがある気がするな……」

自宅の机に向かいながら、俺は思わず唸《うな》り声《ごえ》を上げた。

どの部活も嫌々参加している、という感じではない。

そりゃあ余計なスケジュールを押しつけられているわけで参加すること自体を喜んでいるのは亮介ぐらいかもしれないが（ダンス部が一般生徒にダンスを見せる機会は、これを逃すと次は文化祭がある十一月になってしまう）、それでも舞台に上がると決まってしまえば最高のパフォーマンスを行うべく、出来るだけの努力をしてくれるからこそ、彼らはこれまでも結果を残せているのだと思う。

「（彼らにとって、これは普通なんだろうな……いや、待てよ？）」

ここで俺ははたと気付いた。

ステージに上がった各部活が必ずそれなりのパフォーマンスを見せてくれるのだとしたら――そもそもの話、去年も同じように優れたパフォーマンスを披露したのではないか？

だというのに、俺達は去年のオープンスクールを半ば失敗したようなモノだと勝手に思い込んでいたし、そのことに会合にいた人間は誰一人として疑問を抱かなかった。

それは、何故《なぜ》だ。

どうして俺達は、あんなにも失敗を確信していた？

そこに答えはあった。

頭の中に、閃《ひらめ》きのようなモノが生まれた。綺羅星《きらぼし》のような瞬く閃光《せんこう》を俺は逃さず、摑《つか》み取り、一つの仮説を導き出すことに成功する。

そして脳内で燻《くすぶ》っていた、もう一つの疑問と衝突し、そこに新たな回答が生まれた。

――光永優香《ゆうか》が提案した『一昨年《おととし》のオープンスクール』についての話だ。

静玖から聞いた話と合わせて、全ての点と点は繋《つな》がった。

あとは……それを実際に形にするのみだ。

▲　△　▽　▼

数日が経《た》ち、二回目のオープンスクール実行委員の会合が開かれることになった。

恐ろしいのは、この会合が期末テスト明けではなく、その三日前に開かれるということだ。

確かに今年の日程では期末テストが終わるのは七月の三週目の金曜日。その後、週明けの月曜日には全ての答案が返却され、その翌日である火曜日には一学期が終了する。

ジェットコースターのような日程としか言いようがない。

だからこそ、この会合も今日やるしかなかったのだろう。

ただ、この場にいる委員達《たち》の士気は以前にも増して低い。

それどころか多くの人間が自分が貴重な時間を使って会合に参加させられていることに憤っている様子で、苛立《いらだ》ちを隠せていなかった。

その最たる例が勉強を最優先にしている山寺美里《やまでらみさと》だろう。彼女は全身から殺気を放ち、予《あらかじ》め俺が配った今日のプリントに目を通すことすらせず、物理の参考書に齧《かじ》り付いている。

ただ――それは逆に幸運だったかもしれない。

山寺美里は委員ではあるが、オープンスクール実行委員の仕事に極力関わる気がないのだから。

彼女にとって何より優先されるのはこの厄介事をとにかく少ない仕事量で乗り切ることであって、自らの意思を決議に反映させたいとは微塵《みじん》も考えていないのである。

つまり、俺が余程の面倒事を押しつけない限り――彼女と俺の意見が衝突することはないはずなのだ。

本当に幸いだ。

もし彼女と真っ向から意見をぶつけ合うことになっていたら、この会議室内はそれなりの修羅場と化していたに違いないのだから。

「よーし。全員、揃《そろ》ったなー。勉強してる奴《やつ》は教科書や参考書をしまうように。期末が近いから勉強したい気持ちはわかるが、長引く話し合いじゃないからちょっとだけ我慢してくれ」

全委員が集まったことを確認し、顧問である杉村《すぎむら》先生が会議室を見渡した。

そして全員の机の上が一応は綺麗《きれい》になったことを確認すると、満足げな表情で俺の方を見た。

「じゃあ、委員長。会の進行を頼む」

「はい」俺は頷く。「ちなみに一つだけ確認しておきたいのですが……今日は先生は途中で退席はしませんよね？」

「っとっと……釘《くぎ》を刺されちまったな。もちろんだ。なにしろ、ここから逃げても肝心の野球部が練習休止期間だからな。ははは！」

「それは助かります」

「むしろ月村に時間があるなら、うちの連中に勉強を教えて欲しいくらいさ。特に二年は赤点ギリギリの奴が結構多くてなぁ。どうだ？」

杉村先生が真顔で尋ねて来る。

冗談ではなく、そこそこ本気で言っているようなのが驚くところだ。

杉村先生は決して悪い教師でもないし、やる気がない教師でもない。俺の冗談を笑って流すくらいには生徒に理解がある教師でもある。

ただ生憎《あいにく》と野球部の連中に勉強を教えるほどの余裕は俺にもなくて――

「すみません。実は先約がありまして……」

「そうか。他の奴に教えなくちゃならねぇか。ははは！　そりゃあ仕方ないな。うちの連中には自分達で死ぬ気でやれと言っておこう。さてと――」

ひとしきり笑ったのち、杉村先生は悠々と太い腕を組み、どっかりとパイプ椅子に背中を預けた。

「じゃあ、そろそろ始めてくれるか。あと決めなくちゃならないのは……主に当日の役割分担か？　設営自体は全員でやるとして、意外と細かい仕事があるはずだが……」

「先生。その前に、一つ提案があります」

「ん、提案？」

「はい」

杉村先生が怪訝《けげん》な眼差《まなざ》しで俺の方を見た。それを、俺は真っ向から見つめ返す。

「実は今から多少の労力は掛かりますが――俺の方で今年のオープンスクールの評価をグッと引き上げるプランを考えてみたんです」

「……ほう」

杉村先生の表情が変わった。杉村先生は組んでいた腕を解き、両手を膝の上に乗せると前のめりになって俺の方をぐいと覗《のぞ》き込んだ。

周りにいた委員の皆も、一様に驚きの表情を覗かせる。特に参考書をしまえと先生から釘を刺されたにも拘《かか》わらず、机の下に隠した問題集をこっそりと解いていた山寺美里の反応は顕著で、彼女はバッと跳ね上げたように顔をあげると、すぐさま矢のような視線を俺へと飛ばして来た。

「……」

山寺は、何も言わない。だが俺を睨《にら》みつけるその瞳が、「余計な労力を増やすな」と暗に語っているのは一目でわかった。

安心してくれ。おそらく、誰よりもこの委員会に非協力的な君であろうと、不利益を被ることがないように物事を進めるのが——俺のやり方だ。

「プラン……もしかして、さっき配っていたプリントに書いてあることか？」

杉村先生が尋ねる。俺は小さく頭を下げながら、

「ええ、すいません。先生にはまだお渡ししてませんでしたね。こちらをどうぞ」

手元にあった資料をすぐさま杉村先生に手渡した。

当然、内容が内容なので、このタイミングで渡そうと考え、あえて先生には配っていなかったのだ。

「……ふむ」

杉村先生は無愛想に頷《うなず》くと、ポロシャツの胸ポケットに入っていた眼鏡を取り出し、渡したプリントに目を通し始めた。俺は言葉を続ける。

「先生はそれを読んでいて頂けると助かります。中身をザッと説明する前に——そもそも、『どうして今になって今年のオープンスクールに何らかのプランが必要なのか』という話

になって来るかと思います。そのことは配ったプリントには書いていないので口頭で説明させてください。

杉村先生は既に気付いていらっしゃるとは思うのですが、今年のプログラムには……いくつか勿体《もったい》ない点が散見しています。その根幹にあるのは――このプログラム自体が劣化コピーである、という点なのです」

劣化コピー。

つまりオリジナルとそっくりの模造品という意味だ。

「杉村先生はオープンスクール実行委員の顧問になってから今年で二年目だとお聞きしました。去年は大変だったのではないですか？」

杉村先生が重々しく頷いた。

「そこそこにな。俺には野球部の指導があるってのに人手が足りないからって駆り出されるし、前の顧問は転勤しちまって、引き継ぎも中途半端だったし」

「つまり、先生としても、内容には不本意な部分が多かったということでしょうか？」

「……！」

「オープンスクールは年を跨《また》いで連続で参加する人間が基本的にいない行事です。ですから、その評価は学校の志願者数で語られることになるのですが――実際、去年の我が校の志願者数は前年度と比べて微減していますからね。どうでしょうか」

「……」

一瞬、杉村先生が黙り込んだ。ここから先は、少しディープな話だ。

生徒にするには憚《はばか》られる内容と思われるかもしれない。

だが——

「……そうなんだよ。大体、オープンスクールのクオリティがちょっと落ちたくらいで学生が志願校を変えるわけがねぇんだ。何よりも大事なのは……進学実績と部活の結果だ。そうだろ？」

杉村先生がノって来た。忌々しげな表情を浮かべ、先生は饒舌《じょうぜつ》に続ける。

「うちの野球部なんて、中々のもんなんだぞ。これだけのトップ校なのに去年は西東京大会でベスト十六だったんだからな。野球やりながら一般で六大学に入りたい奴とか、更に良いところの推薦が欲しい奴が挙《こぞ》って受験するんだ。なのに、だ。結果的に少しだけ志願者が減って、オープンスクール実行委員会の顧問としては、もう少し出来ることがあったんじゃないかって文句を言われたんだ。堪《たま》ったもんじゃないよ」

先生が大きくため息をついた。

「それは……災難でしたね。責任を押しつけられたわけですか」

「ああ。誰がやったとしても、去年のオープンスクールを成功させることなんて出来なかっただろうにな」

ここだ。

俺は一歩踏み込み、杉村先生が最も気に掛けている——急所を衝《つ》く。

「――ですが、このままでは、今年のオープンスクールも似たような評価になってしまうのではないでしょうか？」

「……」

先生は何も答えなかった。

「もちろん、先生に時間がないのはわかっています。ですから、こちらから提案させてもらったんです。多くは望みません。プログラム含めて既に決定済みの物も多く、俺達の手が届かないところにある部分が大半を占めるわけですから。だから――ほんの少しだけ、手を加える許可を頂きたいんです」

「月村《つきむら》」

先生が俺の名前を呼んだ。

「今、言っただろ？　俺は、今あるプログラムで最低限のクオリティは担保されていると思っている。これぐらいの出来なら、志願者の数にさほど影響はない。月村、それでもお前はあえて手間を掛けたいと言うのか？」

「はい」

俺は即答した。

「その方が、きっと皆――気持ちが良いと思うので」

先日、俺は静玖《しずく》に一昨年《おととし》のオープンスクールの内容について質問した。

『えー？　私達が中三だった頃のオープンスクール？』

『ああ。静玖は参加したんだろう。どんな内容だったか教えて欲しい』

『おっけー。私が覚えてる限りだけどね。忘れちゃってることも多いんだけど──』

そう言いながら静玖は事細かに一昨年のオープンスクールについて話してくれた。

そして、俺は気付いたのだ。

──これこそが俺達が先生にコピー&ペーストさせられそうになっていたオープンスクールの原型なのだ、と。

考えてみれば当然の話だ。急遽《きゅうきょ》、顧問を引き継ぐことになった杉村先生が一から独自のプログラムを考えるわけがない。前年度のモノを模倣するに決まっている。

ただ、結果として俺が言ったように完全に模倣することが出来ず、劣化コピーと化してしまったようだが……それでも大筋は光永優香《みつながゆうか》が参考にしてみたいと語ったモノと同じだったのだ。

では、両者の差異とは？

──「生み出した者」と「強制的に模倣させられた者」に他ならない。

やることが同じだとしても、そこに到《いた》るまで経緯によって、人のやる気は大きく変わってくるというわけだ。

なぜ、ここまでオープンスクール実行委員会の士気が低かったかといえば、それは誰もが委員の仕事に「やりがい」を感じていなかったからだ。

そして、それは学生だけではない。

大元である――顧問の先生すら委員の仕事を厄介者扱いしていた。

だが、ここでネックとなるのは、この仕事を誰もが面倒で煩わしいモノだと認識していた一方で、その行く末を大いに気に掛けていた、ということなのだ。

実際、オープンスクールは大切なイベントだ。

都内のハチコーを志望する中学生が集まってくるし、開催までに多くの人間の労力が掛かっている。イベント自体が開催されないほど滅茶苦茶《めちゃくちゃ》なことになったら、さすがに誰もが困り果てただろう。

もうどうなってもいいや――と全ての責任を放り投げることが出来たなら、どれだけ楽だっただろう。例えば学校の宿題を自分一人やらずにいても大問題にはならない。なんの事件も起こらない。ただ自分の頭と内申点が多少悪くなるだけだ。だから憂いなく宿題をサボり倒すことも可能といえば可能だ。

責任を放棄出来る。

しかし、オープンスクールは違う。

完全な責任放棄は不可能だ。イベントの開催自体が出来なければ大問題が起きてしまう。

俺達《たち》はもう逃げられない。

後ろ髪を引かれながら手を抜いていては、気が全く休まらない。適当にやればやるほど不安になってしまう。

それならば、いっそ——やれるだけのことはやった方がいいに決まっているのだ。

「……月村。『気持ちが良い』というのは、どういう意味だ？」

杉村《すぎむら》先生が訊《き》いた。俺は答える。

「はい。つまりは、心置きなく委員の仕事が出来るという意味です。手間を掛けずに今までのコピー&ペーストで済ませるのも悪くはありません。ですが——」

俺は顔を顰《しか》めながら続ける。

「結局……自分は出来るだけのことをしなかった、という罪悪感のようなモノが、どうしても残ってしまうような気がするんです。大筋が決まっているのは、もう仕方がありません。ですが、細部を俺達の力で工夫することが出来れば——ほんの少しではあっても、これが『自分達の創り上げたイベント』だと胸を張ることが出来るような気がするんです」

「………………」

「どうでしょうか。もちろん、追加で予算をいただいたりはしません。多少、作業量が増えるだけで——」

「わかった。月村の提案を許可する」

俺の言葉を遮り、杉村先生が大きく頷いた。

「ザッとだが、プリントにも目を通した。学校の備品で出来るような工夫ばかりだが、確かに何もしないよりはマシだろう」

　そして嚙《か》み締めるように言う。

「……罪悪感、か。確かに俺の中にも、そんな感覚はあったような気がするよ」

　フッと息を吐き出し、先生は掛けていた眼鏡を外してサイドポケットに収めた。

「すまなかったな。どうも、こっちの都合を押しつけてたみたいだ。皆も委員会の仕事は極力やりたくなくて、出来るだけ手間が掛からないようにするのが一番良いと勝手に思っていたんだが……」

「嬉《うれ》しい配慮です。ただ、そうですね。俺が思うに……学生というのは、先生が考えているよりも案外、学校行事に対してやる気があるモノなのかもしれません」

「………確かにそうかもな。じゃなけりゃ、文化祭実行委員だとか生徒会役員なんて、俺には面倒としか思えない委員は人気がないだろうしな」

　しみじみと杉村先生が言った。

　そして真《ま》っ直《す》ぐ、先生は俺の顔を見つめた。

「ただし、俺は納得したが、それだけだ。ちゃんと皆にも説明するように。実際に作業をするのは皆なんだからな」

「はい」

　俺は先生に頭を下げて、ゆっくりと立ち上がった。

「これは——改めて、皆にも聞いてもらいたい」

言葉を切って、会議室をぐるりと見回した。

全ての瞳がこちらを見ていた。

俺は言い放つ。

「今のままでもオープンスクールは間違いなく開催される。だが、わずかに労力を費やすことで、幾分かクオリティが上がったモノを作り上げることが出来ると思うんだ。そりゃあ文化祭実行委員が口にするような『自分達で創り上げるイベント』には程遠い。残念ながら……俺達に出来ることは限られている。創意工夫に溢《あふ》れた百点満点のオープンスクールを目指すことは出来ない。だが、それでも全く何も手を付けずに前年度のコピーで全てを済ませるのは……皆も居心地が悪いんじゃないかと思うんだ」

「「……！」」

皆の目の色が変わったのをハッキリと感じた。誰だって、初めから絶望の航海に挑みたかったわけがないのだ。

「（結局、これは『言い訳』するための努力なのかもしれない。だが――）」

――自分は頑張った。

――出来るだけのことはやった。

――だから、仕方ない。

一見、情けない弁明にしか思えない。けれど、これでも何もやらないで諦めるよりは何十倍もマシだ。たとえ情けなくても、精一杯足掻《あが》くことでマシになることだってある。

俺は、それは決して無駄ではないと思う。

心の底から。

「皆、少しだけ頑張ってみないか。プリントにも書いてあるが、俺は皆に毎日学校に来てもらって入念な準備をさせようと考えているわけじゃない。他に用事がある者もきっと沢山いるだろうからな。特別な準備をするのは一日だけ——つまり、オープンスクールの前日だけだ。

元々、前日は校内の飾り付けと椅子並べぐらいで全てが終わる予定だったが、もう少しだけ長く皆に付き合って貰《もら》いたいと考えている。時間にすると……二、三時間くらいは多く見てもらえると助かるな。元から登校する予定だった日に追加で作業をするだけなら、労働量的にはそこまで大きく変わらないと思うんだ。それから当日の役割をいくつか調整してみた。具体的な内容は——」

俺は細々とした前日、当日の作業について皆に説明していく。

考えて来たプランは基本的には既に決まっているプログラムの改良を念頭に置いたものだ。何かが大きく変わるわけではない。ただし、来場してくれた中学生の子達に少しでもハチコーに良い印象を抱いて貰う事を考えたプランを出来る限り増やしている。

予算が本当にゼロ円だったわけではないことも幸いした。

画用紙や文房具など多少の手作業に必要な物は買い揃《そろ》えることが可能だったため、手作りのポップなどを当日、校内に複数配置する予定だ。

また、元のプログラムでは体育館でのステージが終わったあとは、希望者は校内見学をして貰うことになっていたが、うちの学校は「オープンスクール参加者向けの特別授業」などを行う予定がないため、結局は校内をうろつくだけで終わってしまう気がしたのだ。

そこでステージが終わったあと、教室を一つ借りて、在校生との質問コーナーを設けるのはどうかと考えている。在校生の生の声が聞けるというのは本気で受験を考えている志願者にとっては大きなアピールポイントになるだろう。

「――ひとまず、俺が考えているのはこんなところだ。やることは増えてしまうが、少なくとも拘束は二日だけ。オープンスクール当日も午前中でイベント自体は終わるため、十二時過ぎには解散出来るはずだ。どうだろう。皆の意見を聞かせてもらいたい」

改めて、俺は会議室を見回した。

委員の皆はプリントをジッと眺め、黙り込んでいた。

「うむ、いいんじゃないか！」

最初に口火を切ったのは、芥川《あくたがわ》だった。

話している最中も芥川は俺の言葉に何度も深々と頷《うなず》いてくれていた。外聞と部活の練習時間を重視する芥川にとって俺の提案は願ったり叶《かな》ったりのはずだ。

加えて――芥川は、このオープンスクールが「ギリギリで沈まない船」であることに誰よりも絶望していた人間だ。航海の行く末が少しでも明るくなるならば彼が賛同しないわけがない。

芥川は声を張り上げる。

「皆も月村《つきむら》の口惜《くや》しい気持ちを理解してやって欲しい。この委員会の発足があと数ヶ月早ければ、いくらでも手の打ちようはあっただろうにな……だが、嘆いてばかりはいられない。先生の許可が出た以上、僕達は多少なりともオープンスクールを良くするため、足掻くべきだ！　僕は月村の意見を全面的に支持する！」

芥川はサッカー部で鍛えていることもあって、非常に通る良い声をしている。発言内容も実に快活明朗で、気持ちの良いモノだった。

副委員長である芥川が声高らかに賛同したこともあって、他の生徒達も「やってみよう」という気になってくれたようだ。

堰《せき》を切ったように他の生徒達も同意の言葉を口にし始める。

『どうせ二回は学校に来ないといけないわけだし、それくらいならやりますよ』

『私、ポップとか作るの得意なんで、少しは協力出来るかなと……』

『何もしないで後から文句言われるのもイヤだしな』

などなど。

否定の意見はなかった。

――やはり、そうだ。

委員になった時点で、皆、ある程度は腹を括《くく》ってくれていたのだ。そういう意味で俺達オープンスクール実行委員は下手な集団よりは完璧に意思統一が出来ていたとも言える。

俺達のスローガンは言うなれば『仕方ないから頑張る』だ。

――極めて後ろ向きではあるものの、間違いなく全員が同じ方向を向いている。これは逆の意味で「強い集団」と言えるのかもしれない……。

と、そのとき。

「ヒビキくん、ヒビキくん」

不意にトントン、と左肩を指先で突《つつ》かれた。

「もちろん、ワタシも賛成するよ」

隣の席に座るココが掌《てのひら》をひらひらと振って、笑っていた。

「なにもしないなんて、つまらないもんね。こっちの方がずっと楽しくなりそう」

「そう言ってくれると助かるよ」

――会議室に、少しずつ熱が灯《とも》り始めていた。

皆は近くにいる委員と顔を付き合わせ、現状で自分達に何が出来るのか、どんな仕事ならやれそうなのかを話し合い始めていた。

未《いま》だに黙っているのは、二人だけだ。

一人は、この委員会において、役職を持つことを拒否したにも拘《かか》わらず、そのカリスマ性によって、確かな発言力を持っていた彼女――

「ねえ、月村君。一つ良いかしら」

山寺美里《やまでらみさと》。

委員の中で誰よりもオープンスクールに手間を掛けることに難色を示していた彼女がついに沈黙を破った。

「どうぞ、山寺さん」

「ありがとう。私が言いたいことは、すごく簡単よ」

そして彼女は言った。

「質問コーナーで、未来ある後輩達から、相談を受ける役に立候補するわ」

前回の会合で、徹底的に非協力的な態度を見せていたことなど、まるでまぼろしだったかのように——スタンスを一変させて、だ。

「いいのかい。もちろん何人かに分担してやって貰うつもりだったが、それでも山寺さんのスタンスには合わない仕事のような気もするが」

「あら。何の話かしら？」

山寺美里はくすりと笑った。その話はもう「ナシ」でということだ。傍らの芥川が苦々しい表情を浮かべているのが目に入った。どうやら状況を見極め、柔軟に立ち位置を変えるのも彼女の特徴のようだ。

——やはりカーストの低い人間を徹底的に見下すところを含めて、あまり俺が好きなタイプの相手ではない。

だが、今、彼女と争う必要はない。

当然、俺が敵意を剝《む》き出しにする意味も。

「一年生はまだ答えられないことも多いだろうし、私ぐらいの成績なら将来の進路についても実のある話が出来ると思うの。どうかしら」

「立候補を拒みはしないよ」

「よかった。それじゃあ承諾してもらえると嬉しいな」

目を細め、山寺はにっこりと笑みを浮かべた。

「……」

こうして何も語らない生徒は、一人だけになった。

俺の右隣に座る彼女——光永優香《みつながゆうか》。

下を向いたまま、垂れ下がった黒髪が彼女の表情を覆い隠している。彼女は顔を上げれば、すぐにでも話せる距離にいる俺にも、同じ一組の男子にも声を掛けようとはしない。

腕を強張《こわば》らせ、スカートの端をぎゅっと握り締めている。

「月村。自分もアイディアを出したいという生徒が何人かいるようなんだが……構わないか？」

と、芥川が俺に声を掛けてきた。

仕方なしに俺は光永さんから視線を外す。

「ああ。もちろん聞こう。俺の考えだけでは不十分だろうからな」

こうして会合は実りある方向へと進み始める。

出来ることは、やはり少ない。手探りで、手作りの工夫をするのが精一杯だ。

けれど、それはゼロではない。

——それが何よりも大事なことだった。

会合が始まってから一時間ほどが経過し、帰宅を促すチャイムが鳴った。出来ることが少ないのが逆に幸いし、限られた時間ではあったが、前日に準備として行うプランや一通りの役割分担を決定することが出来た。

この後はメッセージグループで細かい事柄に最終決定を下しつつ、オープンスクール当日を待つことになった。

そして会合は終了となり、委員達《たち》は足早に会議室から去っていった。なにしろ今日は期末テスト三日前。追い込みを掛けねばならない重要な時期なのだ。

「ん……」

戸締まりのため最後に一人会議室に残った俺は、忘れ物などがないか、一通り部屋の中をチェックしていた。

そのときだった。

小さく折り畳まれたメモがパイプ椅子の上にぽつんと置いてあることに気付いたのは。

俺はハッとなった。

その席が——つい先ほどまで、光永さんが座っていた場所だったからだ。

俺は紙片を開き、中身を確認した。

「良いアイディアじゃないか」

そこに書いてあった内容を見て、俺は小さく笑った。どうやら追加で皆に提案しなければならないプランが一つ増えてしまったようだから。

終章　告白

『それでは、次はダンス部によるパフォーマンスです。市立八王子高校のダンス部は数多くの大会で実績を収めていて、特に《チーム・プレデター》は部の公式ＹｏｕＴｕｂｅチャンネルに投稿したダンス動画が数万回再生されるなど、今一番ノリにノっているボーイズダンスグループでもあります。

ちなみに我が校では二年の一学期に女子だけではありますが、体育で創作ダンスの授業を取り入れています。かくいうワタシもダンスは全くの未経験だったのですが、最終的には友人達と一緒に素晴らしいステージを作りあげることが出来ました。ダンスがこんなに楽しいものだったなんて、こんな機会がなければ一生知ることはなかったかもしれません。ですが、やはり青春をダンスに捧《ささ》げている彼らの舞台は一味違います。それでは見せて頂きましょう――』

あっという間に期末テストが終わり、七月が過ぎ、そして八月になった。

そしてオープンスクール当日がやって来るのもすぐだった。

前日の八月九日、午後三時に集合した俺達、オープンスクール実行委員は予《あらかじ》めメッセージグループで入念に打ち合わせしていた事柄を実行に移した。

前回の会合から約二週間。

ほとんどのプランは実際の話し合いで決めることが出来たが、後になってから俺が提案させて貰ったアイディアについてはアプリでのやり取りだけで決定されたため、実際に当日になってみるまで本当に実現可能かは疑わしい部分もあった。

だが、その準備も幸いなことに、滞りなく進んだ。

体育館は、瞳をきらきらと輝かせた中学三年生でいっぱいになっていた。

大学のオープンキャンパスと違い、高校のオープンスクールは参加人数が少ないイベントだ。市立校であるハチコーでは日程も一日しか用意していないし、参加する生徒の数も二百人に満たない。

だが、その代わり——彼らの熱意は本物だ。

実際に彼らを直《じか》に見て、初めて俺もそのことに気付いた。本当に熱心な生徒しか、わざわざ市立高校のオープンスクールになんて来ないのだ。

杉村《すぎむら》先生がコピー＆ペーストのオープンスクールをやることに罪悪感を抱いていたのは、去年、この光景を見ていたからなのかもしれない。

そして体育館の前面にあるステージの幕が上がり、司会のココが舞台袖に引っ込んだ(そう、ステージの司会はココが務めている。これはココ本人の志願だ。読み上げた原稿もココ本人が書いて来たもので、死ぬほど嫌いなはずの創作ダンスの授業を全力で美化している辺り、彼女のプロフェッショナルな意識を感じずにはいられない)。

『〜〜〜〜♪』

格式張った体育館とは不釣り合いなドープなヒップホップのビートが流れ、ステージ用の衣装を身に纏《まと》った亮介《りょうすけ》達が舞台袖から飛び出して来る。

中央で踊る亮介の表情はやる気に満ち溢《あふ》れていた。

奴《やつ》がその全力のダンスを見せたい相手がオープンスクールの参加者ではなく、見物に来て貰《もら》っている桐谷《きりたに》であろうことは若干の問題かもしれないが……まあ、結果的に素晴らしいステージが出来るのならば多少の私情は構わないだろう。

ダンス部のステージは全体の三つ目。

あと大舞台でパフォーマンスを行うのは吹奏楽部だけだ。

「（やるな、亮介。これなら桐谷のダンスに対する偏見を解消できるかもしれない……）」

俺の役割はオープンスクール実行委員の全体統括だ。

委員の仕事が一番忙しくなるのは、一通りパフォーマンスが終わってからだ。

この後、各参加者を希望に沿って誘導しなければならないし、それぞれが役目を遂行しなければならなくなる。ある意味で、他の演者が前に出てくれている今が一番余裕のある時間帯とも言えるわけだ。

よかった。これなら問題ないだろう。さて――

「芥川《あくたがわ》、すまない。少し出て来る」

「なに？　このタイミングでか？」

「ああ。実は約束があるんだ」

隣にいた芥川に声を掛ける。芥川は少し驚いた様子だったが、小さく頷《うなず》くと、

「わかった。遅くとも次の吹奏楽部が終わる前には帰って来てくれよ。忙しくなるのはその後だからな」

「それは大丈夫なはずだ」

俺は小さな声で答えた。

「今から会う相手も、次のステージを控えている立場だからな」

▲　△　▽　▼

待ち合わせ場所の校舎裏に行くと、既に彼女は到着していた。

「待たせて済まない」

「……いいえ」

黒髪のストレートに、僅かな垂れ目。彼女自身も吹奏楽部のレギュラーであり、出番を控えた身でもあるからだろうか、胸にはトランペットを抱えていた。

光永優香。

オープンスクール実行委員会において、ボトルネックとなっており、同時に一番のキーパーソンでもあった女生徒だ。

こうして彼女と面と向かって話すのは、初めてだった。それどころか言葉を交わすのさ

え、最初に会議室で隣に座って挨拶をしたとき以来だ。

「呼び出しに応じて感謝する。時間も今で大丈夫なのか？」

「それは、大丈夫です。楽器の搬入があるんで、思ったよりも時間には余裕があるみたいなので。それで、その……委員長。用件、というのは」

光永さんが低い声で訊《き》いた。

「手提げ袋の件だ。あれで良かったのかと、確認は取っておかなければならない。元々は君のアイディアだからね」

「あ……」

「体育館で参加者の反応を窺《うかが》っていたが、中々好評のようだ。うちの学校で使っているパンフレットを入れる袋は、校章なども一切入っていない白いビニール袋だったからな。確かに、あれをそのまま出すと、見た人間に無機質な印象を与えてしまう。だが、そこに手書きのメッセージがあれば、こちらが志願者を歓迎していることがしっかり伝わるというわけだ」

二回目の会合終わりに、いつの間にか残されていたメモには、こう書いてあった。

『袋に手書きのメッセージを添える』

と。

今言ったようにそれを俺は各種資料を持ち運ぶための手提げ袋のことだと解釈した。

――完全に盲点だった。

資料の中身にばかり俺は気を取られていて、それを配布する際に使用する袋のことなんて微塵《みじん》も考えていなかった。これは過去、実際にオープンスクールに参加した経験がある人間ならではの着眼点に違いない。

俺はこのアイディアを皆に提案し、了承を貰った。

ただここでふと思ったのだが――どんなメッセージを書くのが一番好ましいのか、ということだった。

例えば某コーヒーチェーン店のコーヒーには店員の手書きメッセージが添えられるが、実際のところ、貰った全ての人間が嬉《うれ》しく思うわけではない。

厚かましさを感じる場合も多々あるとは耳にする。

手書きには、温かみがある。だが、ただ手書きであればいいわけではないのだ。

それならば、相応の中身があった方がいいのではないか。

俺はそう考えたのだ。そこで――

「ただ、少しアレンジさせてもらった。手提げ袋に書くメッセージは……過去に、ハ、チ、コ、ー、の、入、試、で、出、題、さ、れ、た、過、去、問、に、し、て、み、た、ん、だ。これも事後承諾になってしまった。すまない、光永《みつなが》さん」

昨日、事前準備のために委員が集まったとき、字の可愛《かわい》さに自信のある女子数名に俺は相当な無茶振りをした。

過去問――袋の表面には問題、そして裏面には答えという具合に、油性マジックでクイズを書いて貰ったわけだ。

しかも、同じ問題は一つとしてない。

予め俺がメッセージ用の過去問を抜粋して用意しておいたとはいえ、正直中々の労力だったことは否定しない。だが思いついてしまったからにはやるしかなかった。

評判は非常に良さそうだった。

受験生にとって過去問とは何よりも興味をそそられるご馳走《ちそう》だ。加えて、開場前に隣合った参加者同士がお互いの問題をシェアする光景が散見された。手提げ袋に書き込んだ過去問が交流を生み出すキッカケとなったわけだ。

「あ、あの……」

「ん？」

「それは良いんですけど、なんで、私が書いたって……」

光永さんがしどろもどろになりながら言った。どうも彼女は、あのメモを書いたのは自分ではないと主張する気らしい。

確かに名前こそ書いてなかったが、ただ、さすがにあそこまでバレバレでは――

「メモは、光永さんの座っていた椅子の上に置いてあったからね」

「でも、他の人の席の上に置いた可能性だって……」

「ペンの色だよ」

「えっ？」

「あのメモは金色のボールペンで書いてあった。トランペットの色、なのかな。あまり見かけない色だが、光永さんが会議室でそれを使っていたのを覚えていたんだ」

「……！」

光永さんは観念したように、ぐっと顎を引いて、黙り込んでしまった。正直、こんな風に問い詰めるのは可哀想《かわいそう》だと思うのだが、この先に話を進めるためには、どうしてもここをナアナアで流すわけにはいかなかった。

俺は続けて尋ねていく。

「あれは、光永さんが考えたのかい？」

「……いいえ」

光永さんが小さく首を横に振った。

そして恥ずかしそうに肩をすぼめながら、言う。

「あれは、パ、パクリです……。一昨年《おととし》のオープンスクールがそうだったので、そうしたら良いんじゃないかと思って……メッセージの内容を過去問にするなんて、私は思いつきませんでしたけど……」

「そうは言っても、光永さんのアイディアがなかったら俺がその先を思いつく可能性はゼロだったわけだからな。賞賛されるのは光永さんさ。これも杉村先生が上手《うま》く引き継げなかったことの一つなんだろうな。確かに資料配布用の袋に一工夫していたなんて、当時を知る人間に言われなければ気付きようがない」

「……そう、なんでしょうか」

「ああ。それで、だ——ここからが本題なんだが、」

俺は訊いた。

「このアイディアを皆にトークルームで話したとき、俺は、一切、光永さんの名前を出さなかった。まるで自分が考え付いたことのように皆に説明した——この決断が正しかったのかどうか、光永さんに判断して貰いたいんだ」

「……！」

光永さんが目を見開いた。俺は続ける。

「もちろん、光永さんの名前を出すと意見が通りづらくなると考えたからじゃない。名前は書いてなかったとはいえ、アレが光永さんのアイディアなのは明白だったからね。それでも……名前を出すべきじゃないと俺は判断した。光永さんが俺のことを頼ってくれたんじゃないか、と勝手に考えたんだ。それは……間違ってなかったのかな」

「…………」

言葉はすぐには返って来なかった。

小さなセミの声が、周りの木々から山びこのように反響して聞こえて来る。今年は冷夏だったこともあってかセミが鳴き出すのが本当に遅かった。

八月になって、やっとだ。それでも例年と比べて羽化した成虫が少ないようで劈《つんざ》くようなセミの合唱は聞こえて来ない。

「……大正解です」

磨《す》り潰したような声で光永さんが言った。

「私は、少しでも良いオープンスクールが出来たら、それで良かったので。何がなんでも自分の意見を通したいとか、その意見を考えたのが自分だってアピールしたいとか、そんなことは……全く思わないです。

それにあのメモ書きだって、そのまま実行していたら、そんなに上手く行かなかったと思います。さっきは、言いませんでしたが、一昨年のオープンスクールで、手提げ袋に書いてあったのはメッセージだけじゃなくて、イラストとかもあって、ちゃんと貰った人が楽しめるようになっていたんです。結局、私が思いついたことをフワッと言っちゃうのは変わらなくて——」

「だが、その思い付きがあったから、オープンスクールはより良いモノになったんじゃないか」

「え……」

「それもこれも——光永さんが、上手く俺のことを使ってくれたおかげさ」

俺は冗談めいた笑いを浮かべた。

だが、光永さんは血相を変えて、俺に頭を下げた。

「使って……す、すみません！　私、委員長のことを利用したみたいで——」

「いや、それでいいんだ」

「え？」

「皮肉に聞こえたら謝る。冗談のつもりだったんだ。だって、光永さんの言葉を借りるなら『高いカーストにいる人間を利用するのはカーストが低い人間の特権』とも言えるわけだからな」

「そ、それはどういう意味で……？」

光永さんが眉根を寄せ、口をぽっかりと開いて心底困惑した眼差《まなざ》しで俺の顔を見た。

俺は言い放つ。

「こいつはスクールカーストが高い、こいつはスクールカーストが低い――そういう評価基準が生徒の中にあるのは確かだ。本当に忌ま忌ましい限りだがな。

ただ俺が断言したいのは……スクールカーストが高い人間が偉いわけでもないし、ましてや低い人間が劣っているなんてこともないってことさ。例えば、俺は人の前に出て、発言をしたり、まとめ役をすることが得意だ。流行《はやり》言葉で言うなら『コミュ力がある』という奴《やつ》だな。逆に光永さんはそういうのが苦手なんだろうな。だが、そこに引け目を感じたり、劣等感を覚える必要はないと思うんだ。

だって――コミュ力が必要な場面が来たら、その能力に長けた人間を使えばいいからだ。

もちろん、常にこの作戦が通用するわけじゃない。俺は使われるのは苦じゃないし、アイディアを出すからまとめろと言われたら、せこせこと働かせて貰《もら》うが……そういう下働きを一切しないまとめ役もいる。まぁ、これぱかりは……多少は考えてから発言した方がいいと言うしかない。ただ――」

そして俺は嚙《か》み締めるように言った。

これこそが、俺の本音だった。

「スクールカーストなんてものがあるから、差があるように見えるんだ。人付き合いや議論が得意な人間もいるし、苦手な人間もいる。本当は……それでいいはずなのにな」

「……」

「っと――すまない。少し面倒な話をしてしまったな。じゃあ、手提げ袋のアイディアについては俺が手柄を預かっておくとする。気が変わったら、いつでも言ってくれ。すぐに返却しよう。演奏、頑張ってくれ。しっかりと聞かせて貰うからな」

「はい」

「それと――」

この先を言うべきか、俺は少しだけ躊躇《ためら》った。内容がオープンスクールの話ではなく、単純な人間関係の話に踏み込んでしまうからだ。

――スクールカーストで壁を作らず、後輩と接してやって欲しい、と。

その一言が喉の奥まで出掛かった。

だが、俺は――

「……」

「それと、なんですか？」

「いや、すまない。勘違いだったようだ。忘れてくれ」

その言葉をグッと吞《の》み込んだ。

これ以上はただのお節介だ。その壁を壊すのは俺ではない。立ち入るべき領域ではないと思ったからだった。

光永優香

初めは、いつも通り、フワッとした思い付きだった。

学級委員がオープンスクール実行委員になってくれる人を探していると言ったとき、自分がハチコーのオープンスクールに参加したときの記憶がバッと蘇《よみがえ》ったのだ。

内容を具体的に覚えているわけじゃない。

——ただ、良いイベントだったことだけが記憶にあった。

我ながら都合の良い脳味噌《のうみそ》だと思う。おそらく去年も同じぐらいの時期にオープンスクール実行委員を募集したはずなのに、当時は部活とテストのことで頭がいっぱいで、こんな記憶は微塵もフラッシュバックしなかったのに。

学級委員は、オープンスクール実行委員のなり手がいなくて困っているようだった。

だから、私は委員に立候補することにした。

来年一年生となる後輩達《たち》にも私のようにオープンスクールでハチコーを受験することに

前向きになって欲しいと思ったからだ。

けれど、すぐに私は後悔することになる。いつもそうだ。思い付きで行動して、後から結局後悔して。そしてまた思い付きで行動する。

ずっと、その繰り返し。

本当に学習能力がない。バカなのだ。なのに、それでもやっぱり黙っていられない。

それが私——光永優香《みつながゆうか》だ。


オープンスクール実行委員はカーストの高い人が何人かいた。そのうち二人は去年同じクラスだった山寺《やまでら》さんと芥川《あくたがわ》君だった。

山寺さんは、私にとって本当に苦手な人だった。

あの人はいつも正しくて、論理的なことしか言わない。

逆に私は曖昧で、思いついたことばかり言ってしまう。

まるで水と油。

それに何よりあの人はカーストの頂に座っていて、私を上から踏みつけて来た。私は一方的にボコボコにされてきた。もはや存在そのものがトラウマだ。

結果、山寺さんが苦手だからなのか、顔立ちが似ている吹奏楽部の後輩——橋爪凛《はしづめりん》にも苦手意識を覚えるようになった。

あの子も、美人で、カーストが高くて、知的で、理路整然と話すタイプだから。

なのに凛は私を慕ってくれて、いつもトランペットの指導をしてくれとせがむのだ。

けれど私は、怖かった。

——いつか感覚だけで生きている私を、あの子も上から踏みつけて来るようになるんじゃないか、って。

そして委員会には、もう一人、渦中の人物がいた。

月村響《つきむらひびき》。

市立八王子高校のカーストトップに君臨する人。最近、恋人と別れたらしくて、学校中で彼への告白ラッシュが起きている。

今まで月村君との接点はほとんどなかった。放課後にトランペットで集まって練習をしているとき、時々彼が近くを通りかかることがあったぐらいだろうか。

凛なんかはその度、食い入るように月村君のことをマジマジと見ていたが……きっと向こうは私のことなんて、認識すらしていなかったはずだ。

だから、私は月村君のことも怖かった。

カーストが上の人間は、誰だって恐ろしい。いつも楽しそうで、明るくて、声の大きい友達がたくさんいて、議論の主導権は彼らのもので、私のような下の者を、人間として認識しているかすら不明だから。

だから、私に出来ることは、彼を拒絶することだけだった。

目を付けられないため、関わらないためには、そうするのが一番だと思った。

なのに、不思議なことが起こった。

オープンスクール実行委員の会合で、私はまたいつものようにフワッとした発言をしてしまって、そこに居合わせた山寺さんに徹底的に叩《たた》きのめされ、恥ずかしい思いをした。

その後、数日経《た》ってから——去年のクラスメイトと話す機会を得た。

桐谷《きりたに》さんだ。

実は下の名前は忘れてしまった。だって一度も名前で呼んだことがなかったから。クラスが同じだったとはいえ、私と彼女はそれぐらいの関係でしかない。

彼女はオタクグループに所属する子で、食事のときも、果ては水泳のときすら口元を覆い隠すマスクを外さないという、ヤバい子だった。

だが、その日。

二年に上がって初めて言葉を交わした桐谷さんは——マスクを外していた。

私は、驚いた。

彼女がとても可愛《かわい》かったからだ。モサモサだった髪も綺麗《きれい》に整えてあったし、ちゃんとメイクもしているようだった。イメチェンした、ということだ。とはいえ、元が相当に良かったからこそ、あれだけ映えるのだと思った。

ただ、それ以上にビックリしたのは——桐谷さんが外見だけでなく、中身まで変わったように見えたことだった。

そして、桐谷さんは言ったのだ。

『月村さんは、違うと思いますよ』と。

私が苦手意識を持っているカーストの高い人達と、彼は違うのだと。彼は私に寄り添ってくれるはずで、彼のことは信頼してもいいのだと。

そんなことを言われても、半信半疑だった。でも、その日の私はすごく感傷的な気分だった。

心がささくれていた。

それはきっと、その日、音楽室の方から聞こえて来たトランペットの音を少し耳にしただけで――それが凛の奏でたモノだと、未《いま》だに判別出来てしまう自分がイヤだったからなのかもしれない。

だから、ぐさりと桐谷さんの言葉は刺さった。

私は感覚で生きている。

感情で奏でた言葉は、何よりも私の心に響き渡る。

そして――あとは、本当に桐谷さんの言った通りになった。

直接、思ったことを月村君に伝えるのは難しかったので、試しにメモを残してみたら彼はそれを当然のように回収し、オープンスクール実行委員のグループトークで、新しいアイディアとして皆に提案したのだ。

しかも、私が出した考えを更に目的に合った形に改良した上で。

月村君は、私の名前を一切出さなかった。

それで良かった。私は目立ちたいわけじゃなくて、オープンスクールを良いモノにしたいだけだったから。あとで話を聞いたら、そのこともしっかりと彼は考えてくれていたらしい。伊達《だて》に「超人」とは呼ばれていないということなのかもしれない。

彼は他のカーストが高い人とは違ったのだ。

だから、私は思うのだ。

私が月村君に勝手に感じていた、あの隔たりは、一体なんだったのだろう、と。

本当に、壁はあったのだろうか。

カーストの壁は。

幻だったのか、思い込みだったのか。

そこには決して越えられない分厚い壁が、あったはずなのに。もしかして壁は初めから無かったのだろうか、それとも——彼が、それを壊してくれたのだろうか。

今となっては、もうわからない。

それに……何だかどうでもいいような気もする。


「あ……光永先輩。も、もうすぐ、出番みたいです！」

月村君と別れて吹部の待ち合わせ場所に戻ろうとすると、丁度、向こうからやってきた凛――橋爪凛と鉢合わせになった。

凛の声は震えていた。怯《おび》えている？

いつからこんな風に私と話すようになったのだったか。

やっぱり私は私なので、それも覚えていない。ただ昔はこんな感じではなかった――それだけは確かだ。凛は私が壁を作っていることに気付かないほど愚かな子ではない。

「ねえ、凛」

「え……は、はい！」

「あなた、どうしてだと思う？」

「…………………なにがですか？」

「あ、ごめんなさい。実はね。今、ふと思ったの。どうして……」

凛を見ていたら、自然と彼女が月村君に告白したことを思い出し、そしてまたフワッとした考えが私の頭をよぎった。

想像は飛躍する。

凛から月村君に、そして――牧田奏に。

「どうして……牧田《まきた》さんは、月村君と別れるなんて言い出したんだろうって」

私はパッとしない女だ。だから、わかっている。

彼の隣にいるべきなのは私じゃない。それは少なくとも凛とか桐谷さんぐらい可愛らしい女の子でなければならない。

だからこそ、私は不思議で仕方なかった。

もしも、月村君が私の恋人だったら、彼を手放そうなんて絶対に思わなかっただろうから。

なのに牧田奏《かなで》は自分から彼を突き放したらしい。

変な子だ。

こんな私が言えたことじゃないけれど、ね。

▲　△　▽　▼

——そして、ようやく嵐のようだったオープンスクールが終わる時間がやって来る。

俺は在校生への質問コーナーに最後まで並んでいた生徒と話し終え、早足で体育館へと向かっていた。

この後は撤収作業だ。まずは並んだパイプ椅子を片付け、各種シートやポップなどを回収しなくてはならない。まずは椅子の片付けを最優先に。制限時間は午後一で体育館を使用する予定のバドミントン部がやって来るまで。

せっかくオープンスクール自体は好評で終えることが出来たのだ。ここは有終の美を飾りたいところだ。時間との戦い……やれるか？

「ヒビキくーん」

「ココ」

と、体育館からココが手を振りながらやって来た。

オープンスクールが成功したかどうかを俯瞰《ふかん》して判定するのは難しいが、例年と比べて圧倒的に学生にアピール出来たと自負出来る部分の一つがココの存在だった。

俺は確信している。

ココがオープンスクールの司会をやったという事実だけで——相当な数の志願者を確保出来たに違いない、と。

「お疲れさま！」

「ココも最高の仕事だったと思うぞ。最初に君が司会として出て来たとき、リアルに会場中から驚きの声が響きまくっていたからな」

「そうだったね。みんな、モンスターでも見たみたいにびっくりしてたよ」

「モンスター？　エルフの間違いじゃないのか」

「どうかな。ワタシ、相変わらず弓は得意じゃないし」

ココは立ち止まることなく、俺の隣に並び、来た道を戻り始める。俺はココに合わせて歩幅を小さくする。

どうやらココは校舎まで俺を迎えに来てくれたようだ。

色々あったが、ココが俺をサポートしてくれたからこそ、今回のオープンスクールでそれなりの成果を挙げることが出来たのだと思う。最初、彼女が立候補したときは、いったい何が起こっているのかと目を疑ったものだが……いや、もうこれも昔の話か。

「この後って、片付けだよね」

「ああ。体育館はどうなっているか分かるか」

「んー。美術部の展示ブースに残っている人がいたような気がする。でも、もういなくなったかな」

「となると、椅子はまだそのままか」

「だね。アクタガワくんが向こうにいるはずだから、もう片付け始めてるかも」

「そうか。どちらにしろ、急がないといけないな」

「そうだね」

「……」

「……」

「ねえ、ヒビキくん」

僅かな沈黙ののち、ココが俺の名前を呼んだ。

「どうした」

「さっきワタシが司会をやって皆、ビックリしたって言ってたよね」

「ああ。それがどうした？」

「うん。でも、ワタシは、体育館の横の方に控えているヒビキくんを見て、うっとりしている子もそれなりにいたように思うよ」

「……どうやら俺は相当モテるらしいからな」

仕方なしに俺は言った。恋人と別れた瞬間、散々な告白ラッシュに遭った男が「モテない」と謙遜するわけにもいくまい。

「あ、ついにちゃんと観念したね。そうそう。それが正しい反応なんだよ」

「なに？」

「だってヒビキくんは——ワ、タ、シ、と、同、じ、領、域、に、い、る、たった一人の男の子なんだもん」

ぴたり、とココが足を止めた。

俺も咄嗟《とっさ》に立ち止まる。

そして俺は、ココの瞳をまじまじと見た。

誰よりも美しく、可憐《かれん》で、それでいて絶対的な——少女の姿を。

ココが言った。

「ねえ、ヒビキくん。ワタシ、可愛いでしょ？」

「……そうだな」

「ふふふ、ありがとう。それでね、当たり前だけど……ヒビキくんもカッコいいよ？」

にこりと、ココが笑った。

「ワタシと違うのは、そのカッコよさがワタシみたいに顔だけじゃないってこと。生き様なのかな。なんだろう。ヒビキくんと一緒に委員の仕事をやって、ずっと考えていたんだけど、結局わからなかったんだ」

　ココが嚙《か》み締めるように言う。

「ね。この前、言ったでしょ。ワタシ、誰からも告白されたことがないって」

「……ああ」

「コレ、本当に本当なんだよ。告白されたこともないし、例えば街を歩いていて、ナンパ的な？　そういう経験も一切ないの。いやいや、そんなわけないって思うよね。顔が良ければ誰であろうと無条件で寄って来る人が、絶対にこの世にはいるって。

　それがね、例外っていうのかな。まぁ、世の中にはそういうのがあるみたいなの。それがワタシ。確かにワタシって体質的に色々とイレギュラーなことばかりだし。別にナンパされたがってるとかじゃないから、これはいいんだけどさ」

　そう言ってココが眉を顰《ひそ》めた。

「全然告白してもらえないのは、ワタシとしてはやっぱり不満なんだよ。誰よりもワタシの顔が可愛《かわい》いって皆、言うのに。でも、それなのに恋愛対象外って……はぁ。だからヒビキくんのことが本当に羨ましいし、興味津々なの。

　だから、ね。一緒に委員会をやるぐらいじゃわからなかったことも、もっと近い距離で、本当の意味で隣に立てば、わかるかもしれないって思ったんだ。それでね、ええと――この薬師寺《やくしじ》ココには夢があるんだ。あ、これ五部のセリフね。なんかやっぱり急に恥ずかしくなって、パロに逃げちゃった。ふふ、良くないね」

ココの言葉だけが一方的に溢《あふ》れていく。

俺は何も答えなかった。

今、何かを訊《き》いたり、言ったりする必要があるとは思えなかったからだ。

この一ヶ月——俺は似たような経験を沢山してきた。

だから、もう気付いていた。ココも隠すつもりはないようだ。ただ、彼女とこんなことになるなんて——今まで微塵《みじん》も考えたことがなかっただけで。

「ワタシね」

スッと息を吐き、真っ白い頬をわずかに紅潮させ、

「一度でいいから……ううん。一生のうち、たった一人でいいから、誰かに本気で好きって言って欲しいんだ」

ココが真《ま》っ直《す》ぐ俺の顔を見上げ、言い放った。

「もちろん、まだワタシも本気で人を好きになるって、どういうことなのかはわからないんだけどね。でも、ヒビキくんとなら、なんだかその答えが見つかりそうな気がしてるんだ。だから——ねえ、ヒビキくん。もし良かったらワタシと付き合ってみる気とか、ある？」

決定的な言葉が彼女の唇から生み落とされた。

瞬間、俺は、ふと思った。

——この告白と、今までの告白には決定的に違うモノがあるのではないか、と。

だから尋ねてみることにした。

「……なあ、ココ。一つ訊いてもいいか」

「んー？　なになに？」

「ココは、俺に告白することを奏に言ったりしたか？」

「カナデちゃん？　なんで？　もう別れたでしょ？」

ココが怪訝《けげん》な表情を浮かべる。本気で俺が何故《なぜ》、こんなことを訊いたのか意味がわからないという表情だ。

「誰かに告白するのに他の誰かの許可なんて必要ないと思うんだけど……違うの？」

ココが訊いた。俺は即答する。

「いや、俺もそう思う」

「だよね」ココは頷《うなず》く。「告白って、一対一でするモノだと思うし」

これまで幾度となく女子から告白を受けてきた俺は、彼女達《たち》が必ず元彼女である奏の目を気にして、告白するための許可を取りに行っていたことを知っていた。

だから、ココが初めてだったのだ。

告白という極めて個人的なはずの行為にすら、第三者の存在を意識させてしまうスクールカーストというノイズを完全に無視して、俺に「付き合おう」と言ってくれたのは。

――生身のまま、俺の前に現れてくれたのは。

そしてココがすっと俺に手を差し出した。

とても小さくて真っ白い手だ。

こんなに可憐な手をしている子が顔以外取り柄がないなんて、いつも口癖のように言っているなんて想像出来ないほどに。

ココが言った。

「あまり面白い話とかは出来ないかもしれないけど、ワタシって顔だけは良いからね。こんな風にニコニコ笑って、見つめ合っているだけで、ヒビキくんを幸せな気分にしてあげる自信はあるんだ。ね……どうかな？　お返事、聞かせてほしいな」

あとがき

『カーストクラッシャー月村くん』ついに二巻の発売です！

二巻では一巻の最後で明らかになった響と奏の真の関係性――「実は兄妹である」という話が起点になって物語が始まります。

そのことを羽鳥が知り、そして響達《たち》の恩人である夢瑠の存在が明らかになったことで、二人を取り巻く環境はどう変わっていくのか……今回はそういう話になっています。とはいえ、口絵やらあらすじやらで何が起こるのかは、大体手に取る前にバレてしまうものですが……。

そう、カバーのコメントにも書いたのですが、今巻は話の方向性的になのか、意外と新キャラが多いです。主に女の子の。

ただイラストが付いてるのは今回のメインである優香だけで、彼女達が実際はどんな姿をしているのかは作者も知らないのです。

ちなみに、その優香がおそらくカークラに出て来るキャラの中で、キャラデザを見て一番驚いたというか、「そうか、こんな顔してたのか……」と思わず唸《うな》ってしまったキャラクターでもあります（ささやかなネタバレですが、そういえば本編でも似たような台詞《せりふ》が出て来るシーンがありましたね）。

優香はこの「フワッと感」が肝なキャラとはいえ、作者の脳内ビジュアルまでフワッとし過ぎていたのは考えものでした。キャラデザが上がって来た瞬間の腑《ふ》に落ちた感じは中々味わえないものだったなぁと思います。

最後に謝辞を。

今回は進行に大いに問題があり、多大なご迷惑をお掛けしてしまいました。それでも何とか本を出せたことに、心の底から感謝しております。そして一巻から更にパワーアップして、素晴らしいイラストを手掛けてくださっているmagakoさん！　特に問答無用で可愛《かわい》くないと成立しないココのキャラが成り立っているのはmagakoさんのお力添えが途轍《とてつ》もなく大きいです！　本当にありがとうございました！

高野小鹿

OVERLAP

カーストクラッシャー月村くん 2

発　行　2022年3月25日　初版第一刷発行

著　者　高野小鹿
発行者　永田勝治
発行所　株式会社オーバーラップ
〒141-0031　東京都品川区西五反田 8-1-5
校正・DTP　株式会社鷗来堂
印刷・製本　大日本印刷株式会社

Printed in Japan ISBN 978-4-8240-0106-1 C0193